KB150668

Dear My Friend

Dear my friend

서로에게 전하는 진심

초판 1쇄 인쇄_ 2022년 02월 10일 | **초판 1쇄 발행_** 2022년 02월 15일
지은이_장주은, 이서영, 홍지원, 박지은 | **엮은이_**배설화 | **펴낸이_**진성옥 외 1인 | **펴낸곳_**꿈과희망
디자인·편집_윤영화
표지_박소현, 이정윤
주소_서울시 용산구 한강대로 76길 11-12 5층 501호
전화_02)2681-2832 | **팩스_**02)943-0935 | **출판등록_**제2016-000036호
E-mail_ jinsungok@empal.com
ISBN_979-11-6186-112-8 43810
※ 책 값은 뒤표지에 있습니다.
※ 새론북스는 도서출판 꿈과희망의 계열사입니다.

Dear my friend

서로에게 전하는 진심

이서영 홍지원 장주은 박지은 지음
배설화 엮음

꿈과희망

엮은이의 말

무심히도 내리던 여름 장마는 걷히고 어느 때보다 청명한 가을 하늘을 바라보며 우리 아이들은 한 권의 책을 마무리짓고 있다.

고사리손으로 엮은 우리 친구들의 글은 부족한 부분도 많지만 순간마다 최선을 다해 땀방울을 실어 만든 귀중한 작품이다. 스스로 만족스러운 부분도, 아직 만족하지 못하는 부분도 있지만 14살의 아이들이 하나의 책으로 엮어낸 것은 대단한 일이다.

이 이야기는 또래 간 자주 접할 법한 사소한 갈등에서 비롯된다. 여자아이들 사이의 세밀한 사건들과 미묘한 심리를 표현하고 화자에 변화를 줌으로써 사건을 다각적으로 보여주고 있다. 그렇기에 또래 친구들이 공감할 수 있는 요소들이 담겨 있다고 할 수 있다.

더불어 일기장을 소재로 하여 자신의 마음을 털어놓고 독자가 이를 공유하면서 화자에게 다가갈 수 있도록 만든 것도 색다른 점이다.

우리 아이들의 이야기를 귀엽게, 자신의 이야기를 털어놨다는 점에서 기특하게 바라봐 주셨으면 한다.

가을 햇살의 따사로움을 느끼며
원고를 편집하는 중에
배설화

작가의 말

이서영 작가

더운 여름날, 에어컨을 틀고 누워있고 싶지만, 책을 써야 하는 현실에서 나는 컴퓨터 앞에 앉아 있다. 그렇게 머리를 쥐어짜고 생각해도 계속 좋은 생각이 안 떠오른다. 그래도 나의 미래를 위해서 강한 햇빛을 견디고 쓰고 있다. 나와 햇빛의 사이가, 어쩌면 우리가 겪어나가고 있는 학창 시절과 비슷한 것 같다. 은아와 예린은 그 강한 햇빛을 맞으며 함께 걸어가는 친구다. 난 과연 소중한 존재와 어떤 관계를 맺고 있는가?

작가의 말

홍지원 작가

사소한 장난으로 멀어진 아주 친했던 친구와 틀어진 관계.

그 갈등을 해결해 나가는 예린이와 은아의 얘기이다. 우리가 흔히 접했던 친함의 소재인 '마니또'를 통해 공감을 이끌어내고 싶었다. 내가 겪었던 것처럼, 누구나가 은아나 예린이가 될 수 있다는 생각으로….

작가의 말

장주은 작가

여름이라서 시간이 늦어져도 아직 해가 지지 않는 6월의 어느 날. 지금 노트북 앞에 앉아 글을 쓰고 있다. 막상 노트북 앞에 앉아 글을 쓰려고 하니, 생각이 나던 것도 머릿속으로 자꾸 다시 들어가고 있다. 터지려는 머리를 식혀보려 물도 마셔보고 침대에서 뒹굴어보기도 하고 머리를 때려보기도 했지만, 머릿속이 복잡한 건 여전했다. 은아와 예린이의 복잡한 심경을 어떻게 표현하고 풀어나갈지 많이 고민되었다. 나 또한 겪고 있고, 겪을 수 있는 일이라는 생각에 더욱 더 동기부여가 되었다.

작가의 말

박지은 작가

누군가의 마음을 글로 표현한다는 건 많이 힘들다는 것을, 이 책의 주인공들을 만들어나가면서 느꼈다. 친구의 도움을 통해 예쁜 결말로 이 책을 마무리하게 되어 무엇보다 기쁘다.

요즘 친구 관계로 힘들어하는 친구에게 이 책을 추천해 주고 싶다.

차례

Chapter 1

새로운 학년

—

오늘은 2학년 새학기 첫날이다.

설레는 마음으로 등교를 하고 있을 때, 놀이터에서 친구를 기다리는 아이를 보았다. 친구와 같이 가기로 했나 보다. 그때 불현듯 작년에 있었던 복잡한 일이 떠올랐다.

지금은 멀어진 친구, 은아와의 일이다. 은아는 유치원 때부터 작년까지 친했던 친구이다. 중 1, 여느 때와 마찬가지로 은아와 같이 놀고 있었다. 수다도 많이 떨고 요즘 보고 있는 드라마, 영화 등등 얘기를 하고 있었다. 그리고 할 얘기가 없어서 그냥 놀이터에서 놀고 있었다.

"아니…. 우리 너무 유치하게 노는 것 같아."

"약간 나도 그런 것 같은데…. 할 게 없어 진짜…."

나랑 은아는 계속 이렇게 놀고 있었는데 그냥 갑자기 내가 장난으로 은아의 머리를 잡아당겼다. 이때 내가 예상했던 은아의 반응은 이거였다.

"아, 얘 왜 이래ㅋㅋㅋ"

그런데 은아가 "야, 이거 내가 제일 싫어하는 행동이잖아. 이제 이런 것 좀 안 하면 안 돼?"라고 화를 내는 것이었다. 그래서 나는 너무 당황스러워서 나도 모르게 은아한테 화를 내버렸다. "뭐야. 너 예전에 내가 이런 행동 했을 때는 안 이랬잖아. 너야말로 왜 이래? 너 진짜 되게 예민해졌구나?"

이때 은아가 "내가 그때는 너랑 사이가 멀어지기 싫어서 그 행동을 받아줬을 뿐이야. 착각하지 마. 딴 애들도 네가 이런 행동하면 다 싫어해. 정신 차려. 이제는 유치원생도 초등학생도 아니고 중학생이야. 네가 내 머리를 잡아당긴 것에 대해서 진심을 담아 사과해줘."라고 말했다.

"응? 내가 왜 사과를 해야 하지? 난 네가 예전에도 아무렇지 않은 반응을 해서 그냥 장난으로 했는데."

그러자 은아가 "아까 '예전에는 그냥 그 행동을 받아줬을 뿐이야.'라고 얘기했잖아. 정말 기분 나빴으니깐 사과해줘."라고 말했다.

그런데 내가 그때는 너무나도 당황스럽고 화가 나서 나도 모르게 은아에게 욕설을 퍼부었다. 그래서 은아가 당황해하면서 이렇게 말했다. "네가 이렇게 자기가 기분 나쁘면 욕을 막 하고 다니는 애였구나. 정말 실망이다. 예린아, 우리 이제 더는 함께하지 말고 같이 다니지도 말자. 그동안 나도 너 맞춰주느라 힘들었어."

이런 상황이 닥치니 나는 할 말을 잃었고 또 세상을 잃어버린 것 같았다. 너무 울고 싶었는데 약한 모습을 보이기 싫어서 참았다. 그렇게 우리는 그 자리에서 헤어지고 나는 집에 가서 펑펑 울었다.

'아…. 내가 진짜 왜 은아의 머리를 잡아당겨서…. 하나뿐인 친구를 잃고….'라는 생각밖에 안 들었다. 그래도 미안한 생각은 조금 들었지만 이미 늦었다. 은아는 집에 가버린 상황이고 어차피 내가 은아집 가서 사과해봤자 은아는 안 받아줄 테니까. 근데 다시 생각해보니까 이건 진짜 아닌 것 같고 너무 나쁜 애가 된 것 같은 생각이 들어서 은아에게 전화를 했다. 그러자 받았다.

"저기…. 은아야…. 내가 다시 생각해보니깐 내 생각이 너무 짧았고 진짜 내가 미안해, 진심으로…. 그리고 아까 욕한 것도 진짜 미안해. 제발 받아줘."

"왜 이제 와서 사과해? 아까 내가 기회 줬을 때 했었어야지. 그리고 네가 한 말이 진심인지 못 믿겠어."

"나 진짜로 진심이야. 너랑 불편한 사이가 안 되고 싶어…. 내 사과 제발 받아줬으면 좋겠어."

"너는 나랑 불편한 사이가 되지 않기 위해, 사과하는 거잖아. 그래서 지금 받아줄 마음은 없어."

예상치 못한 은아의 말에 잠시 멈칫했다. 하지만 은아 입장에서는 충분히 그렇게 생각할 수 있을 거라는 생각에, 알겠다고 답하고 전화를 끊었다. 정말 후회스러웠다. 이런 상태에서 학교에 갔더니 은아는 나를 반겨주지 않았다. 당연한 일이었다. 나를 반겨줄 리가 없다. 내가 나쁜 말을 했고 은아는 내가 한 말에 상처를 받았을 테니까.

이렇게 1학년이 지나고 2학년이 되었다. 제발 2학년 때는 은아와 같은 반이 안 되길 빌었는데 운명처럼 같은 반이 돼버렸다.

'아…. 왜 하필 은아랑…. 하느님…. 저한테 왜 그러시나요. 저도 진짜 힘들어요.'

이런 마음도 잠시 '그래…! 좋은 친구를 몇 명 사귀면 돼. 괜찮아 걱정할 거 없어.'라며 나 스스로를 토닥여주었다.

그리고 대망의 개학날 3월 1일이 왔다.

겉으론 긴장하지 않은 것처럼 보이지만 속마음은 전혀 그렇지 않았다. 아예 정반대였다. 막 심장이 두근거리고 긴장이 되고 몸이 떨리고 그랬다. 15년 중 이렇게 떨렸던 적은 처음이어서 나도 내가 너무 신기했다.

이제 학교 교문 앞까지 왔다. 심장이 엄청 두근거리고 설렌다. 나는 2학년 5반이다. 2학년은 3층에 있어서 빨리 올라왔다. 5반에 들어가 보니 친구들이 생각보다 많이 와 있어서 당황했다. 나는 차분하게 내 자리로 가서 조용히 앉았다. 주변을 둘러보니 내가 아는 친구도 몇몇 있었는데 거의 다 처음 보는 아이들이고, 다 각자의 개성이 보였다.

어떤 애는 두꺼운 책을 즐겨 읽고 공부를 잘하는 모범생 친구인 것 같았다. 또 다른 애는 쨍한 빨간색으로 머리를 염색해서 약간은 시끄러워 보였다. 나는 개인적으로 공부에 대한 열정 같은 게 없어서 그 빨간색 머리한 친구랑 잘 맞을 것 같았다. 근데 막상 말을 걸어보려고 하다가 인상이 너무 무섭게 생겨서 말을 못했다. 이번엔 내 옆에 있는 애를 보았다. 일단 내 옆에 있는 애는 공부를 너무 잘하는 것도 아니고 또 시끄러운 것도 아닌 그냥 중간인 것 같았다. 걔가 책을 보고 있는데 중간중간에 조는 모습이 보였다. 그래서 '얘는 집중하고 싶지만, 몸이 그렇게 안 되는 아이구나.' 하고 생각했다.

근데 어디선가 노랫소리가 들려왔다. 주변을 살펴보니 어떤 남자애랑 여자애가 같이 노래를 부르고 있었다. 내가 제일 좋아하는 노래를 부르고 있었다. 여자애가 노래를 부르면 남자애가 화음을 쌓았다. 너무나도 신기한 광경이었다.

'오, 쟤네는 장래 희망이 가수인가보다.'

근데 들려오는 소문으론 쟤네가 커플이라는 말이 있다. 나는 커플을 처음 봐서 신기했다. 아까 내가 아는 애라고 했던 애가 은아였다. 너무 조용했다. '뭐지? 내가 이상한 소문 퍼뜨릴 것 같아 무서워서 조용히 있는 건가?' 그래서 내가 은아한테 다가가서 안녕이라고 말했다.

그러자 은아는 모른 척을 하고 엎드려서 잤다.

'뭐야…. 왜 무시해? 어이없어.'

나는 그냥 내 자리로 갔다. 조금씩 애들이 왔다. 시계를 보니 8시 27분이었다. 한두 명이 종 치기 2분 전에 왔다. 그래도 첫날에 지각한 애들은 한 명도 없었다. 담임 선생님이 들어오셨다. 들어오시자마자 바로 담임 선생님께서 자기소개를 하셨다.

"안녕, 내 이름은 최수정이고 2학년 5반을 맡게 되었어. 1년 동안 잘 지내보자."라고 말씀하셨다. 선생님께서는 우리 보고 자기소개를 하라고 하셨다.

나는 마지막 번호여서 많이 긴장되진 않았다. 드디어 내 차례가 왔다. 나는 큰 목소리로 말했다.

"안녕! 나는 한예린이야. 1년 동안 친하게 지내보자."

친구들은 박수를 쳐줬다. 나는 기분이 더 좋아졌다. 쉬는 시간이 되었다. 나는 바로 뒷자리에 앉은 애한테 말했다.

"안녕! 난 예린이야. 반가워! 앞으로 친하게 지내자."

그러자 그 뒤에 앉은 애가 "그래 나도 반가워! 나는 이유진이야." 라고 말했다.

"혹시 너 뭐 좋아해?"

"음… 나는 드라마 보는 걸 제일 좋아해."

"오, 나도 내 취미가 드라마랑 영화 보는 건데! 나중에 한 번 만나서 영화 보러 가자."

"완전 좋지!"

"근데 진짜 너무한 게 개학 첫날부터 수업이야. 다른 학교는 일찍 마치던데."

"그러니까. 너무 싫어. 일찍 일어나는 것부터 싫고 짜증났어."

그 말이 너무 공감됐다. 벌써 친해진 느낌이었다. 새로운 친구가 생긴 것 같아서 기분이 좋았다.

유진이랑 같이 하교했다. 마침 유진이도 집 가는 방향이 같아서 같이 얘기하면서 갔다. 집에 도착하자마자 나는 엄마에게 유진이라는 친구를 사귀었다고 얘기했다. 엄마도 좋아하셨다. 그래서 나는 빨리 내일이 되기를 기다렸다. 왜냐하면 유진이를 만나고 싶었기 때문이다.

벌써 화요일이 되었다. 혼자 등교하고 있었는데, 앞에 유진이가 보여서 바로 달려가 유진이한테 인사했다. 유진이도 반가워하는 모습이었다. 그래서 같이 등교를 했다. 학교 가서 아침 시간에 나는 친구들과 얘기를 하고 싶었는데 선생님께서 조용히 자기 할 것을 하라고 하셔서 그냥 책을 읽었다. 책 내용이 너무 재미없었고 지루했다. 수업 시간 종이 쳤다. 내가 제일 싫어하는 사회시간이었다. 너무나도 지루하고 잠이 와서 나는 그냥 엎드려서 잠을 잤다. 그렇게 40분이 지났다. 선생님은 교실을 나가셨고 나는 바로 유진이랑 대화했다. 유진이의 얼굴을 보니 유진이도 많이 지루했던 것 같았다. 유진이랑 대화하다 보니 벌써 쉬는 시간이 지나버렸다.

이번엔 내가 좋아하는 체육 시간이었다. 나는 역시 유진이와 같이 팔짱을 끼고 나갔다. 오늘은 체육 첫 시간이어서 체육 선생님께서 자유시간을 주셨다. 정말 기분이 좋아서 날아갈 것만 같았다. 나는 유진이와 남자애들과 같이 피구를 했다.

"야! 팀 짜자!"
"얘들아, 빨리 모여. 시간 없어. 빨리 빨리!"

이렇게 팀을 짜고 첫 번째 피구시합을 했다.

"여기서 지는 팀 음료수 쏘기다? 알겠지. 그럼 시작한다."
'아, 완전 자기 맘대로네. 재네 팀이 지게 만들어야지.'

이런 생각으로 시합을 했다.

"야! 여기로 패스."

"여기여기."

"왜 여기에 니가 있냐. 빨리 저쪽으로 가."

한 12분이 지났다. 1번째 시합에선 상대편 팀이 이겼다.

"아, 우리가 졌다. 그래도 기회가 두 번 남았어. 괜찮아, 괜찮아. 우리 할 수 있어, 파이팅!"

긍정적인 마인드로 두 번째 시합을 했다.

"여기로 줘, 오케이!"

이번엔 우리 팀이 이기고 마지막 시합만 남겨두고 있었다. 애들이 너무 힘들어하는 것 같아서 5분만 쉬었다가 했다. 마지막 시합에서는 상대팀이 이겼다.

"하, 우리가 졌어. 아, 내 돈. 최악의 체육이었다."

"괜찮아. 뭐, 이런 걸로 그렇게 맘 상해. 다음에 잘하면 되지, 뭐."

투덜대는 나에게 유진이가 응원해줬다. 그렇게 말해줘서 기분이 그나마 나아졌다. 여자애들과 남자애들 몇 명이 빠져서 조금 아쉬웠지만, 그래도 재미있었다. 유진이는 체육을 안 좋아하는데도 오늘 했던 피구는 재미있어했던 것 같다. 드디어 기다리고 기다리던 점심시간이 왔다. 오늘의 점심은 내가 좋아하는 마파두부와 고기가 나온다. 그래서 저번보다 더욱더 기다려졌다. 그런데 하필 5반이어서 20분이나 기다려야 한다.

"20분 동안 뭐 하지."

라고 혼잣말을 했는데 옆에 있는 애가 나한테 책을 빌려줬다. 너무 고마웠지만, 내가 제일 지루해하는 과학과 관련된 책이었다.

"빌려줘서 고마워!"

한번 읽어보니 첫 부분은 재미있었으나 뒤로 갈수록 점점 지루해졌다. 이제 우리 차례가 와서 기분이 좋아졌다. 밥을 나눠주는 3학년 선배들이 조금만 주어서 더 먹고 싶었지만, 그래도 첫날이라 그냥 말을 안 했다. '내일부터는 많이 주겠지.'라는 생각이 들었다. 밥은 내가 생각했던 것보다 더 맛있었다. 다 먹고 유진이랑 같이 올라갔다. 유진이와 이틀 만에 많이 친해진 것 같다. 점심시간 때는 교실에서 할 게 없어서 남자애들과 유진이랑 운동장에 나가서 놀았다. 시간이 많이 남은 것 같았었는데 15분밖에 남지 않아서 너무 아쉬웠다. 애들이랑 공놀이를 하고 있는데 갑자기 종이 쳤다.

"아, 예비종인가 봐."

대수롭지 않게 생각하고 있다가 계속 종이 안 치기에 바로 우리 반으로 갔더니, 수업을 하고 있어서 깜짝 놀랐다. 심장이 덜컥 내려앉았다. 나는 선생님께서 우리를 혼내실 거라고 확신했다.

"오늘은 첫 수업이니까 봐줄게. 다음부터는 늦지 말고 시간에 맞춰서 와."

선생님은 첫 수업이라는 이유로 넓은 아량을 베풀어 주셨다.

'다음부터는 절대로 안 늦어야지.'

내가 제일 좋아하는 미술 시간이었는데 첫 시간부터 늦어버려서 너무 아쉬웠다. 그래도 남은 시간 동안 집중해서 들었다. 좋아하는 과목이라 그런지 시간이 빠르게 지나갔다. 사회시간이나 내가 제일 싫어하는 과목은 시간이 엄청 느리게 가는데, 미술은 빠르게 지나가서 아쉬웠다. 오늘은 시간이 빨리 가서 좋았다. 하교할 때 유진이랑 같이 가고 싶었는데 유진이가 학원이 있다고 해서 어쩔 수 없이 나 혼자 갔다.

땅만 보며 걸어가고 있었는데 누가 "안녕."이라고 해서 뒤를 돌아봤다. 우리 반 여자애였다. 그래서 나도 걸음을 멈추고 "안녕."이라고 대답했다.

"너도 이쪽이야?"

"응! 나도 이쪽이야, 너랑 친해지고 싶었는데 말 걸 타이밍이 없어서 말을 못 했어."

라고 얘기해서 나는 "아, 그렇구나. 앞으로 친하게 지내자!"라고 말했다. 그 친구도 좋아하는 것 같았다. 나는 친구 한 명을 더 사귀어서 기분이 좋았다. 그 친구의 이름은 지현이었다. 그리고 지현이의 집은 우리 집 바로 옆 동이었다. 나는 너무너무 신기하고 마치 운명 같아서 좋았고 행복했다. 그래서 등교할 때 지현이와 먼저 만나고 가는 길에 유진이랑 같이 만나서 가기로 했다. 우리 반에 나와 친하게 지낼 수 있는 친구를 사귀어서 신났었다.

다음 날, 어제의 계획처럼 지현이와 먼저 만난 다음 유진이랑 만나서 셋이서 같이 등교했다.

"얘들아, 진짜 학교 가기 싫다…."

"맞아, 진짜 가기 싫어. 왜 학교를 지었을까? 그리고 공부는 왜 만들었을까? 너무 이해가 안 되고 짜증 나. 이번 중간고사 때 성적 낮게 나오면 부모님께 많이 혼날 텐데, 벌써 걱정된다."

학교 가기 싫다는 내 말에 이어 유진이도 말했다. 나와 지현이는 완전 격하게 공감을 했다. 드디어 학교 정문에 도착했다. 피곤해 죽을 것 같다. 그렇게 교실에 들어가서 각자 정리하고 아침 자습 시간이 되었다.

아까 공부가 너무 싫다고 한 유진이는 어디 갔는지, 지금은 완전 집중해서 예습 중이었다. 그렇게 유진이가 신기하다며 계속 쳐다보다가 아침 자습 시간이 끝났다. 오늘은 1교시가 체육이어서 1교시부터 기분이 좋았다. 체육 선생님께서 오늘은 날씨가 너무 더워 교실에서 영상만 본다고 하셔서 너무 짜증이 났다. 나 빼고 다른 여자애들은 좋아했다. 그 여자애들의 마음을 이해할 수가 없었다.

운동장 앞으로 나갔던 우리 반은 어쩔 수 없이 교실로 다시 돌아왔다. 나는 '왜 하필 교실이지? 강당도 사용할 수 있는데.'라는 생각

뿐이었다. 그때 선생님께서 영상을 틀어주셨다. 그런데 어디서 들어본 것 같은, 너무나도 익숙한 소리였다. 텔레비전을 쳐다보았더니 내가 제일 좋아하는 운동 관련 영상이어서 다시 기분이 좋아졌다. 하지만 다른 아이들은 책상에 엎드려 있거나 그냥 자기 할 거를 했다. 나는 열심히 영상을 집중해서 봤다. 다시 보고 또 봐도 재미있었다. 이렇게 재밌었던 체육 시간도 끝이 나버렸다. 쉬는 시간이 되자마자 나는 어제 사귀었던 지현이, 유진이와 얘기를 나눴다. 그런데 너무 많이 얘기를 나눴어서 할 얘기가 없었다.

이렇게 시간은 흘러가고 2교시 수업인 수학 시간이 다가왔다. 수학은 그나마 재미있기도 하고 내가 잘하는 거라 너무 싫어하거나 질색하지는 않았다. 역시나 내가 미리 예습한 거라 쉬웠다. 3, 4, 5교시까지 수업하고 점심시간이 왔다. 가리는 음식이 없어서 다 잘 먹었다. 수요일, 목요일, 금요일도 이렇게 똑같이 생활했다.

나는 이번 주에 새로 사귀었던 두 친구들과 더 친해지고 싶어서 토요일에 같이 놀기로 하였다. 우리는 만나기 전날에도 톡으로 많이 얘기를 나눴다.

〔우리 내일 어디 갈 거야?〕
〔일단 배고프니까 식당 가고 옷 구경하러 가자.〕

친구들은 좋다는 이모티콘을 보냈다. 그중 지현이가 보낸 이모티

콘이 너무 웃겼다. 내 마음은 벌써 설렘에 요동치고 있었다.

기다리고 기다리던 토요일이 되었다. 나는 너무 들떠서 일찍 나갔다. 지현이와 유진이도 약속 시간에 맞춰서 왔다. 우리는 먼저 음식을 먹기로 했다. 점심을 안 먹고 만나서 엄청 배가 고팠다.

"얘들아, 너희 뭐 먹을 거야?"

"난 아무거나 먹어도 돼."

"그럼 유진이는?"

"난 떡볶이 먹고 싶은데, 너희들은 어때?"

지현이랑 내가 말했다.

"나도 떡볶이 좋아해! 그럼 떡볶이 먹자."

우리는 바로 떡볶이를 주문했다. 떡볶이가 나오기 전까지 엄청 수다를 떨었다. 15분 뒤에 떡볶이가 나왔다. 우리는 너무 배고파서 바로 먹었다. 너무 맛있었다. 먹고 나서 옷 구경을 하러 갔다. 요즘은 예쁜 옷들이 너무 많은 것 같다. 옷을 다 사고 나서 별명만 모범생인 유진이가 서점에 가자고 해서 갔다. 유진이는 책을 몇 권 사고 문제집도 샀다.

'와… 어떻게 문제집을 자기 돈으로 살 수가 있지? 참, 이해가 안 된다.'

우리는 몇 시간 동안 재미있게 놀다가 헤어졌다. 나는 집에 와서 친구들과 영상 통화를 하면서 또 놀았다. 오늘은 진짜 너무 재미있었고 행복했다. 다음에는 이것보다 더 많이 놀기로 했다. 일요일이 되었다.

"아, 내일 학교에 가야 한다니."

어제 실컷 놀아서 그런지 너무 피곤했다. 학교 가서 친구들과 노는 건 좋은데 공부를 해야 하니 머리가 아파왔다. 그래도 오늘이 월요일이 아니니 천만다행이었다. 나는 계속 누워서 텔레비전을 보거나 낮잠을 잤다. 숙제랑 공부는 너무 하기 싫어서 안 했다. 공부를 완전히 잊고 내가 하고 싶은 것만 했다. 그렇게 계속 하다 보니 벌써 밤 9시가 되었다. 시간은 너무 빠르게 가는 것 같다. 이제 학교 갈 준비를 했다. 그리고 씻고 바로 침대에 누워서 잤다.

아침이 되었다. 오늘은 생각보다 눈이 일찍 떠졌다. 그래서 저번보다 밥을 많이 먹고 갔다. 한 7시 55분쯤 나갔다. 학교에 도착하니 나밖에 없었다. 이런 적은 처음이었다. 내가 문을 열어야 하는데 열쇠가 어디 있는지 몰라서 찾지 못했다. 10분 동안 선생님을 기다렸다. 8시 10분에 선생님께서 오셔서 열어주셨다. 그리고 열쇠 위치도 알려주셔서 나중에 또 1등으로 도착한다면 그때 선생님께서 알려주신 열쇠 위치를 기억했다가 열어야겠다고 생각했다.

"선생님, 감사합니다."

교실에 들어가자마자 내 자리에 앉았다. 8시 30분이 되자 친구들이 속속 들어오기 시작했다. 그때 선생님께서 교탁으로 오셨다. 뭔가 불길한 느낌이 들었다.

"얘들아, 내일부터 목요일까지 진단평가를 친다. 국어, 영어, 사회, 과학, 영어 총 5과목을 칠 거야. 오늘 집에 가서 공부 열심히 하고 와."

'아, 진단평가….' 작년에 공부를 하나도 안 해서 이번 시험은 망했다는 생각이 들었다. 우리 반 친구들의 3분의 2도 나와 같은 표정이었다. 나는 시험을 못 치는 것은 싫어서, 학교 마치고 집으로 오자마자 공부를 했다. 내일은 국어, 수학을 쳐서 일단 그 두 과목을 먼저 했다. 서너 시간 동안 죽도록 공부를 했다.

'이 정도면 90점은 넘을 거야!'

왠지 모르게 자신감이 넘쳤다. 그리고 10시 반이 되었다. 마지막으로 쭉 훑어봤다. 10분 정도 보고 자기 전에도 눈을 감고 생각해봤다. 그렇게 계속 생각하다가 11시쯤 잠이 들었다.

드디어 시험 첫날이 되었다. 너무 떨렸다. 유진이와 지현이도 떨린다고 얘기했다. 그런데 은아는 하나도 안 떨리는 것 같았다.

'은아는 긴장이 안 되나 보네.'

왜 갑자기 이 생각이 들었는지는 모르겠지만, 곧바로 잊고 시험을 쳤다. 1교시부터 2교시까지는 국어였다. 총 1시간 20분이었다. 시간은 넉넉해서 천천히 풀었다.

'어? 내가 생각했던 것보다 쉽네!'

그래서 나도 모르게 빠르게 풀어졌다. 그렇게 다 풀고 시간을 보니 20분이나 남았다. 그 시간 동안 그냥 엎드려서 잤다. 종소리가 울리고 선생님께서는 시험지를 가져가셨다. 그냥 가져가시기만 했는데도 심장이 떨렸다. 10분 정도 쉬는 시간이 있어서 친구들과 답을 공유해 보았다.

"유진아, 지현아! 너네는 국어 시험 어땠어?"

지현이가 대답했다.

"음… 난 솔직히 헷갈리는 게 많았어."

유진이가 말했다.

"엥? 난 완전 쉽던데?"

똑같은 시험지를 서로 다르게 얘기하는 게 웃겼다. 벌써 10분이 지났다. 이번엔 3교시부터 4교시까지 수학을 쳤다, 수학은 어제 죽도록 공부해서 잘 풀릴 거라고 생각했다. 그런데 시험지를 받자마자 내가 모르는 문제가 나와서 당황했다. 일단 시간이 부족할 것 같아서 먼저 쉬운 것부터 풀었다. 쉬운 것들을 다 풀고 나니 어려운 문제들만 남아있었다.

'어차피 내가 모르는 문제고 이렇게 풀려고 하다가 결국 못 풀게 되면 시간 낭비니까 찍어야겠다.'

나는 두 문제를 다 찍었다. 찍고 나니 10분 정도 시간이 남아서 아까처럼 엎드려 있었다. 종이 치고 12시가 되어서 우린 바로 점심을 먹으러 갔다. 시험 기간이라 그런지 점심은 저번 주보다 엄청 맛있었다. 그래서 더 받아서 먹었다. 시험 기간에는 5, 6교시를 하지 않고, 밥을 다 먹자마자 바로 하교를 했다.

"엄마, 오늘 진단평가 국어랑 수학을 쳤는데, 국어는 쉬웠는데 수학에서 모르는 문제가 있어서 두 문제는 찍었어…."

엄마에게 말했더니

"음, 그랬구나. 그래, 그럴 수 있어."

나는 혼날 줄 알았는데 아니어서 다행이었다. 내일은 과학이랑 사회를 쳐서 이번엔 암기를 제대로 해야겠다고 생각하고 공부했다. 사회, 과학은 내가 좋아하는 과목이어서 작년에 암기를 좀 했었다. 그래서 그런지 어제보다는 공부하는 게 쉬웠다. 오늘 공부한 시간은 어제 공부한 시간보다 1시간 더 적었다. 그리고 더욱더 쉬웠다. 내일 시험은 걱정을 안 해도 될 것 같다. 그래서 일찍 잤다.

다음날, 1교시에는 과학을 쳤는데 엄청 쉬워서 100점이 나올 것 같았다. 다 치고 나니 30분이나 남아서 놀랐다. 남은 시간동안 책을 읽어도 된다는 선생님 말씀에 엄마가 읽으라고 주신 책을 봤다. 몹시 지루했지만 그래도 종 치기 전까지 읽었다. 종이 치고 읽은 쪽수를 보니까 18쪽밖에 못 읽었다.

"하, 고작 18쪽…."

역시 책은 나랑 안 맞는 것 같았다. 그리고 다음 교시에 사회 시험을 쳤다. 사회도 조금 쉬웠다. 시험이 끝나고 어제랑 똑같이 바로 집으로 갔다.

목요일이 되고 드디어 마지막 시험인 영어를 쳤다. 영어 듣기를 할 때, 이해가 잘 안 되는 부분이 많아서 거의 다 찍었다.

'아, 진짜 왜 이렇게 어렵지….'

이틀 후, 성적이 나왔다. 국어, 사회는 95점이 나왔다. 수학, 과학은 90점이 나왔고 영어는 75점이 나왔다.

"아, 왜 이렇게 못 쳤지…."

엄마한테 혼날까 봐 무서웠다. 집에 가는 게 두려웠다.

'오늘은 진짜 집 가기 싫다'

집에 도착하자마자 바로 내 방으로 들어갔다. 그런데 갑자기 엄마가 말을 걸어왔다.

"오늘 성적 나왔다면서? 한번 줘봐."

나는 어쩔 수 없이 성적표를 줬다. 엄마가 그 점수를 보고 가만히 있었다. 말하는 것보다 말 안 하는 게 더 무서웠다.

"음, 예린아. 엄마가 생각했을 땐 이건 중간고사나 기말고사가 아니니 다행이라고 생각한다. 그래도 잘했다. 예전보단 더 좋아졌네."

'엄마가 웬일로 화를 안 냈지? 아무튼 다행이다.'

시험이 끝나서 종일 집에서 누워서 핸드폰만 봤다. 너무 좋았다. 그렇게 한두 달을 보냈다.

그러다가 갑자기 선생님께서 시험 기간을 알렸다.

"자, 2주 후면 중간고사다. 다들 알고 있지? 그럼, 잘 준비해오도록! 이상이다."

미리 공부하는 게 힘들 것 같아서, 시험 일주일 전에 벼락치기를 하기로 결심했다. 그래서 일주일은 학교 수업에만 집중했고, 나머지 기간에는 밤새도록 벼락치기를 했다. 그렇게 해서 중간고사를 쳤더니 많이 어렵지는 않았다. 모르는 것도 조금 있어서 A는 안 될 것 같았다. 그랬다. 며칠 후에 성적이 나와서 봤더니 B였다. 벼락치기한 것치곤 생각보다 잘 나와서 놀랐고 신기했다. 또 이렇게 시간이 가고 기말이 왔다. 기말 때도 이렇게 했더니 똑같이 B가 나왔다. 그런데 날짜를 봤더니 벌써 7월 중순이었다.

'시간이 생각보다 빨리 갔네? 벌써 여름방학이야!'

여름방학을 맞이할 생각에 나는 너무 기분이 좋았다. 시간은 참 빨리 가는 것 같다. 드디어 여름 방학식이다. 여름 방학식 때도 시험 때처럼 점심은 안 먹고 4교시만 하고 갔다. 방학식을 하고 친구들과 오랜만에 놀았다. 오랜만에 이렇게 노는 거라 그런지 더 재미있었다. 마음 같아선 밤까지 놀고 싶었지만, 친구들이 학원을 가야 해서 늦게까지 못 놀았다. 너무 아쉬웠지만, 방학 때 많이 놀 거라 괜찮았다.

방학 첫날이다. 오전 11시까지 잤다. 전날 밤에 12시 넘어 자서 피곤했다. 그래도 학원도 다 방학이어서 계속 놀았다. 이렇게 집에서만 있어 보는 게 엄청 오랜만이다. 그래서 그런지 더욱더 좋았다. 이렇게 평생 살고 싶다. 이렇게 살면 기분도 좋고 마음도 편할 것 같다.

일주일 동안 방학 첫날과 똑같이 생활했고, 2주 뒤에 오랜만에 친척들을 만나러 갔다. 사촌이랑 엄청 신나게 놀았다. 너무너무 행복했다.

"아, 진짜 방학이 안 끝났으면 좋겠다. 이렇게 늦게 자고 늦게 일어나도 되는데…."

라고 혼잣말을 했더니 사촌은 그걸 또 들었는지 "나도."라고 말했다.

너무 웃겼다. 1박 2일 동안 친척들을 만나서 행복했고 또 사촌도 만나서 너무 재미있었다. 막상 헤어지려 하니까 너무 아쉬웠다. 그렇게 집에 도착했다. 집에 도착하자마자 휴대폰을 봤다. 엄마가 혼낼 것 같았지만 방학이어서 그런지 화를 안 냈다. 월요일이 됐다. 방학이 반이나 지나갔다. 이제는 방학 숙제를 해야 할 것 같아서 조금 했다. 하는데 30분도 안 걸렸다. 그렇게 숙제를 끝내고 친구들과 약속이 있어, 준비하고 현관문을 열고 나갔는데 친구들이 바로 있어서 깜짝 놀랐다. 친구들과 같이 카페를 먼저 갔다. 각자 마실 음료수와 디저트를 주문하고 자리를 잡아서 앉았다. 친구들과 뭐 하고 지냈는지에 대해 얘기했다. 친구들은 그냥 계속 자고 먹고 쉬고를 반복했다고 했다.

나랑 비슷했다. 친구들은 방학 숙제를 했을 줄 알았는데 안 했다고 해서 조금 신기했다. 그리고 우리는 여러 가지 얘기를 하며 시간을 보냈다. 우리 동네에는 놀 만한 데가 없어서 그냥 놀이터에서 놀았다. 이렇게 노는 게 너무 유치했지만 그래도 오랜만에 놀이터에서 노니까 재미있었다. 그렇게 저녁까지 놀았다. 그리고 8시쯤 헤어졌다. 처음으로 친구들과 오랫동안 논 것 같았다. 더 놀고 싶었지만, 너무 늦은 것 같아 다음에 다시 만나기로 하고 각자 집으로 갔다. 나도 집에 가서 씻고 밥 먹을 준비를 했다. 오늘 저녁밥은 내가 좋아하는 음식이어서 빨리 먹었다.

그렇게 시간이 지나고 드디어 개학날이 왔다. 개학날, 나는 8시 20분쯤 일어나서 학교에 지각했다. 너무 쪽팔렸다. 그래서 오늘은 아무 말도 안 하고 가만히 수업을 들었다. 최악의 개학날이었다. 그렇게 하루가 지나갔다. 일주일 후, 선생님께서 이렇게 말씀하셨다.

"얘들아, 9월 마지막 주부터 10월 첫째 주는 중간고사다. 다들 열심히 시험 준비하도록."

순간 너무 짜증이 났다. 그렇게 방학 동안 실컷 놀고 공부를 하려니 내용이 머릿속에 안 들어왔다. 이제는 점수를 더 높이고 싶고, 은아보다 더 잘하고 싶어서 죽을 듯이 공부했지만, 하루 만에 포기했다.

"하…. 너무 힘들다. 그냥 빨리 포기해야겠다."

1학기 때랑 똑같았다. 그래도 1학기 때보다는 점수가 올라서 좋았다. 근데 은아는 올백을 맞았다. 그래서 은아 주변에 몇몇 친구들이 붙어서 조금 짜증이 났다. 근데 내 친구들까지 은아한테로 가서 기분이 너무 이상했다. 그냥 은아 얼굴을 보기 싫었다. 나는 내 할 일을 했다.

"뭐야, 너희 언제 은아한테 갔어?"

내가 물었다.

"은아한테 공부 잘하는 방법 물어보고 싶어서 갔어."

친구들이 얘기했다. 나는 그나마 좀 괜찮았다. 나를 버리고 갔으면 나는 거기서 울었을 것이다. 요즘 친구 관계에 예민해져서 친구들이 딴 애한테 가면 엄청 속상하다. 하지만 친구들은 은아한테 하루 이틀만 갔고 그 이후로는 관심도 없었다. 은아도 그랬다. 쉬는 시간이 되었다.

"얘들아, 뭐해?"

"난 그냥 할 거 없어서 시험 준비하고 있었어."

"나도."

이렇게 말했다. 나는 할 말이 없었다. 그렇게 지루한 하루를 보냈다. 며칠 후, 문득 그런 생각이 들었다.

'뭔가 은아랑 다시 얘기해서 화해해야 할 것 같다….'

'한번 용기 내서 말해 볼까?'

이렇게 며칠을 지내보니 친구들은 공부만 하고 있었다. 그래서 내가 분위기를 띄워서 활발한 분위기를 만들기로 했다.

일주일이 지나도 친구들은 저번 주와 똑같이 조용하게 공부만 했다. 그래서 내가 노래도 부르고, 남자애들이 좋아할 만한 영상도 틀어주었는데 아무런 효과도 없어서 당황했다.

'뭐지, 왜 아무 반응이 없지? 나 괜히 한 것 같아. 왜 그랬을까….'

너무 창피해서 쥐구멍에 숨고 싶었다. 그러던 어느 날 선생님께서 오랜만에 말씀하셨다.

"얘들아, 너희들이 너무 공부에만 매진하는 것 같아서 내가 하나 준비한 게 있어. 마니또를 하면서 친구들이랑 더 친해지는 시간을 가지는 게 좋을 것 같아서 이번에 마니또를 뽑아 볼 거야."

Chapter 2

마니또의 힘

—

"1번부터 나와서 쪽지 뽑아가세요."

선생님께서 말씀하셨다. 초등학교 때도 안 했던 마니또를 한다니 너무 떨렸다.

'나는 누굴 뽑을까? 재밌겠다. 내 마니또한테 편지랑 선물도 많이 줘야지. 근데 설마 내 마니또가 한예린은 아니겠지. 설마. 한예린이랑 같은 반이 된 것도 운이 안 따라 주었는데, 마니또까지 한예린이겠어. 확률 21분의 1인데.'

1, 2, 3, 4… 10번이 쪽지를 뽑고 자리에 들어가자 내가 쪽지를 뽑

으러 나왔다. 쪽지가 들어있는 통에 손을 넣고 무엇을 고를지 고민했다. 내가 너무 오래 고민해서 뒤에 애들이 자꾸 쳐다보는 것 같아 빨리 아무거나 뽑아서 자리에 앉았다. 떨리는 마음으로 조심히 쪽지를 열어보니 그 쪽지에는 한예린이라고 적혀있었다.

그 애만은 피하고 싶었는데, 쪽지를 보고 망했다는 생각이 제일 먼저 들었다.

'아, 뭐야. 왜 하필 한예린이냐고…. 옆에 있는 거 뽑을 걸…. 예전에 나한테 심한 장난을 친 애한테 잘해줘야 한다니.'

솔직히 다른 애는 몰라도 한예린은 너무 싫었다. 누가 자기한테 심한 장난친 애를 마니또로 뽑으면 좋아할까.

1년 전

중학교 1학년, 나랑 예린이는 친했었다. 하지만 예린이의 장난으로 인해 나랑 예린이는 멀어졌다. 예린이는 우리가 놀고 있을 때 장난으로 내 머리를 잡아 당겼었다. 그전에는 나도 예린이의 장난을 받아줬지만, 이제는 참을 수가 없었다.

"야, 이거 내가 제일 싫어하는 행동이잖아. 이제 이런 것 좀 안 하면 안 돼?"

하지만 예린이는 내 말에 미안하다고 하기는커녕 더 뻔뻔한 태

도로 나를 대했다.

"뭐야, 너 예전에 내가 이런 행동 했을 때는 안 이랬잖아. 너야말로 왜 이래. 너 진짜 되게 예민해졌구나."

도리어 예린이는 내가 이상해졌다며나를 탓했다. 그래서 예린이에게 사과를 요구했지만, 예린이는 그렇게 하지 않고 나에게 욕을 했다. 결국 나는 예린이를 뒤로 하고 집으로 돌아왔다. 집에서 너무 속상해서 몇 시간을 울었다. 그리고 옆에 있는 공책에 오늘 있었던 일을 일기로 적었다.

2020년 00월 00일

내 친구 예린이랑 싸웠다. 같이 놀고 있었는데 예린이가 내 머리카락을 잡아당겨서 내가 하지 말라고 화를 냈다.

괜히 화를 냈나 조금 후회하기도 했는데, 예린이가 오히려 화를 내는 모습에 그 마음이 싹 사라졌다. 나도 속상해서 더 화를 내고 집으로 왔다. 나는 왜 예린이가 그런 장난을 쳤는지 모르겠다.

누가 겪어도 기분 나쁜 장난인데….

예린이가 사과도 잘 안 하고 자기가 잘못 하고서도 오히려 화를 내는 친구라는 것을 오늘 처음 깨달았다. 그래도 친하게 지낸 친구인데 싸우니까 속상하고 서럽다.

집에 돌아와서 조금 있다가 예린이에게 전화가 왔다. 받을까 말까 고민하다가 받았는데 예린이가 주저하다가 말을 꺼냈다.

“저기…. 은아야…. 내가 다시 생각해보니깐 내 생각이 너무 짧았고 진짜 내가 미안해. 진심으로…. 그리고 아까 욕한 것도 진짜 미안해. 제발 받아줘.”

“왜 이제 와서 사과해. 아까 내가 기회 줬을 때 했었어야지. 그리고 네가 한 말이 진심인지 못 믿겠어.”

“나 진짜로 진심이야. 너랑 불편한 사이가 안 되고 싶어…. 내 사과 제발 받아줬으면 좋겠어.”

“너는 나랑 불편한 사이가 되지 않기 위해, 사과하는 거잖아. 그래서 지금 받아줄 마음은 없어.”

그렇게 나는 예린이의 사과를 받아주지 않았다. 그때는 예린이에게 진심이 느껴지지 않았었다. 다시 생각해도 솔직히 기분이 많이 나빴다.

이 일 이후로 나는 예린이와 아예 인사도 하지 않았고 그 후 자연스럽게 멀어진 것 같다. 현재 한예린이 나에 대해 어떻게 생각하는지 모르겠지만, 나는 한예린과 엮이는 것이 싫었다. 올해도 한예린과 같은 반이 안 되길 바랐지만 결국 한예린과 같은 반이 되어버렸다. 그리고 마니또까지 한예린이어서 더 싫었다. 솔직히 얘한테는 편지도 선물도 주고 싶지 않았다. 그런 애한테는 선물이랑 편지가 아까웠다. 애들이 마니또를 다 뽑고 선생님께서 수업을 시작하셨다. 수업을 들으려고 해도 자꾸 마니또 생각이 났다. 결국 수업에 하나도 집중을 하지 못하고 후회만 하다가 하교 시간이 되었다.

집에 가서 네e버에 “싸운 친구가 마니또가 됐어요. 어떡하죠?”라고 글을 올려보았다. 몇 분 뒤 댓글들이 달렸다.

익명 1 평범하게 짧은 편지랑 선물 하나 주고 더는 주지 마세요.
익명 2 그냥 아무것도 해주지 마세요.
익명 3 이 기회로 화해하세요. 등등

댓글들이 달렸다. 선생님께서는 저번에 마니또에게 편지나 선물은 꼭 줘야 한다고 하셨기에 결국 그냥 선물과 편지를 한 번 주고 더 이상 주지 않기로 했다. 편지에는 선생님께서 저번에 예시로 적어주신 걸 그대로 베끼기로 했다.

〔안녕. 나는 너의 마니또야. 잘 부탁해.〕

편지는 이렇게 마무리했다. 선물은 초콜릿 하나와 사탕 2개를 넣어줬다.

‘이건 내일 아침에 학교 빨리 가서 넣어줘야지. 근데 너무 많이 넣었나? 조금 뺄까?’

그러다가 문득 한예린이랑 싸운 날 처음 썼던 일기장이 생각났다. 복잡한 심경 때문인지, 나도 모르게 그때부터 쭉 일기를 적고 있었다.

2021년 00월 00일

아침에 일어나서 중학교 교복을 입고 즐겁게 등교했다.

하지만 교실에는 나랑 싸운 한예린이 앉아 있어서 불편했다.

한예린을 모른 척하고 자리에 앉았다.

몇 분 뒤 선생님께서 들어오셨는데 되게 착하신 분 같았다.

1교시는 자율이었는데 선생님께서는 마니또를 뽑는다고 하셔서, 나는 누가 내 마니또가 될지 기대됐다.

마니또 쪽지를 뽑았는데 한예린이 나와 기분이 별로였다.

그래도 선물과 편지는 줘야 해서 소소하게 편지와 선물을 싸서 가방에 넣었다. 얘한테 이런 것까지 해줘야 한다는 것에 좀 짜증이 났다.

다음 날, 나는 제일 일찍 가서 넣어주려고 7시 50분에 집에서 나와 8시에 학교에 도착했다. 도착하자마자 한예린 책상 안에 선물과 편지를 넣었다. 5분 뒤에야 애들이 몇 명씩 오더니 한예린도 왔다. 한예린이 가방을 내려놓고 1교시 준비를 하려고 책상 안을 보더니 내 선물을 보고 놀랐다. 한예린이 신나서 내 선물을 열어보더니 엄청 좋아했다. 그 애가 좋은 건 아니지만 나도 왠지 모르게 뿌듯했다. 몇 분 뒤 수업이 시작하고 오늘은 왠지 계속 기분이 좋았다.

2021년 00월 00일

오늘 한예린에게 어제 포장한 선물을 줬다. 이런 애한테도 선물을 줘야 하나 싶었다. 그래도 반에서 하는 것이라 선물과 편지는 꼭 하나씩 줘야했다.

선물을 싸면서 왜 그 쪽지를 뽑았고 왜 하필 한예린이었을까 후회한다. 그 많은 21명 중에 한예린이라니 이런 악연도 없었다.

그래도 이런 조그만한 선물이라도 줄 수 있으니 다행이지, 큰 선물이나 긴 편지를 쓰고 주시라고 하셨으면 진짜 울었을 것이다.

이런 내 마음을 알 리 없는 한예린은 선물을 보고 좋아했다.

솔직히 엄청 싫은 한예린이지만, 선물을 보고 좋아하는 모습을 보니 조금 아주 조금 뿌듯했다. 마니또에서 다른 애를 뽑았다면 선물을 왕창 줬을 텐데 하필 한예린이라 너무너무 아쉽다.

얼른 한 달이 지나서 마니또를 바꿨으면 좋겠다.

그땐 꼭 다른 애였으면….

"아, 몇 시지? 8시 25분? 지각이다."

나는 얼른 학교로 뛰어갔다. 다행히 지각은 아니었다. 얼른 수업 준비를 하려고 책을 꺼내려 하는데 책상 안에 무언가가 들어있었다. 꺼내 보니 예쁜 포장지에 싸인 선물상자였다. 위에 편지가 붙어 있었다.

"안녕. 나는 너의 마니또야. 잘 부탁해."

이 선물과 편지를 보고 기분이 좋아졌다.

'이 선물과 편지를 준 내 마니또는 누굴까?'

내가 제일 마지막으로 와서 누군지 유추하기 힘들었다. 이틀 뒤엔 또 다른 선물이 놓여있었다. 기쁜 마음으로 선물을 열어보니 이번엔 편지는 없고 비싸 보이는 예쁜 샤프와 필통이 들어있었다.

'우와. 이것들 진짜 비싸 보이는데.'

당장 선물 받은 필통에 선물 받은 샤프와 내 필기구들을 넣었다.

'한 달 뒤에 마니또 바꿀 때 누군지 알게 되면 고맙다고 해야지~'

받은 필통을 보며 생각했다. 그때 마니또가 누군지 유추하다가 문득 내 마니또가 한예린이 아닐까 생각했다.

'혹시 내 마니또가 한예린인가? 옛날에 친할 때도 생일선물로 이런 거 많이 줬었는데…. 에이 설마. 필통과 샤프는 많이 주는 선물이니까. 그리고 사이도 안 좋은데 이런 비싼 선물을 주겠냐고. 그래, 한예린일 리가 없으니까 한예린은 빼고 생각하자.'

"야, 이 필통 뭐야? 엄청 예쁘네…. 그리고 이거 비싼 거 아니야? 너 용돈 다 떨어졌는데 이거 어떻게 샀어?"

친언니가 궁금하단 듯이 말했다.

"아, 그거 학교에서 마니또 하는데 내 마니또가 선물로 이 필통이랑 샤프랑 주던데?"

내가 말했다.

"뭐? 이 비싼 걸? 너 마니또 너랑 친해지고 싶은 거 아니면 부자인가 봐."

언니가 부럽다는 듯이 말했다.

"응, 그런가 봐."

언니의 말에 대답하고 필통을 가지고 방으로 들어갔다. 그리고 필통을 보면서 생각했다.

'나랑 친해지고 싶어서 주는 걸까. 아님, 언니 말대로 얘가 부자라서 나한테 이런 걸 주는 걸까?'

한참 동안 필통을 바라보며 생각하며 일기를 썼다.

2021년 00월 00일

나를 뽑은 마니또가 나에게 선물을 주었다. 나는 엄청 기대하며 선물 포장을 뜯었다. 그 선물은 편지와 필통, 샤프였다.

진짜 나한테 필요했던 것이었고 그것도 엄청 예쁘고 비싼 거라 기분이 날아갈 듯 너무너무 기뻤다.

그리고 나를 뽑은 마니또가 누굴지 궁금해졌다.

나는 집에 와서 엄마랑 언니한테 마니또에게 받은 필통과 샤프를 자랑했다. 오늘은 내가 갖고 싶은 선물을 받아서 그런가 기분이 너무 좋았다. 나중에 마니또가 누군지 알게 되면 나도 선물을 하나 사서 줘야겠다.

“오늘은 수행평가를 볼 거예요. 다들 책상에 있는 물건 다 넣으세요.”

선생님께서 말씀하셨다.

‘아, 맞다. 오늘 수행평가이지. 어제 준비 하나도 안 했는데….’

깜빡하고 준비하지 못한 나는 뒤늦게 후회하며 수행평가를 쳤다. 수행평가가 끝나는 종이 치고 반장은 수행평가지를 다 걷어갔다.

“7교시 끝나고 몇 점인지 알려줄게요”

이번 수행평가는 생활기록부에 적히는 수행평가였기 때문에 점수를 무조건 잘 받아야 했다.

‘하, 어떡하지. 다이어리에 적어놓을 걸.’ 하고 생각하고 있을 때, 어디서 한예린과 다른 친구 목소리가 들려왔다.

“예린아, 수행평가 잘 봤어?”

한예린 친구가 한예린에게 물었다.

“응, 이번에 공부해서 그런지 쉽더라.”

‘한예린은 잘 쳤나 보네.’

다른 수업 시간 내내 수행평가만 생각나 수업에 집중하지 못했다. ‘아 공부할 걸. 어제 계속 필통만 보다가….’

나는 계속 후회했다. 7교시가 마치는 종이 울리고 선생님께서 들어오셨다.

"1번부터 나와서 자기 점수 보고 들어가세요."

선생님께서 말씀하셨다. 1번이 처음으로 나가고 그 뒤로 다음 번호 학생이 나갔다. 2 · 3 · 4 · 5…10번이 나가고 내가 나갔다. 선생님께서 보여주시는 점수를 보았다.

'A? 내가 A라고? 공부 안 했는데 이 정도면 괜찮은데? 다음에는 날짜 체크하고 공부해야겠다.'

A 아래일 줄 알았지만, A라서 기분이 좋아졌다. 공부도 안 했는데 A면 잘 봤다고 생각했기 때문이다. 끝 번호까지 자기 점수를 보고 종례를 했다. 갈 준비를 하고 기분 좋은 마음으로 교실을 나왔다.

"야, 설은아. 너 어디 가? 청소해야지."

한예린과 친한 친구가 나한테 말했다.

'아, 맞다. 오늘 청소하는 날이지.'

다시 교실에 들어가자 한예린과 친한 친구와 다른 친구 한 명, 한예린이 남아있었다.

'한예린이 왜 여기 있지?'

칠판을 보니 청소 당번이라고 쓰여 있는 곳에 한예린도 적혀 있었다. 칠판에 한예린이라는 이름을 보자 원래 하기 싫었던 청소가 더 하기 싫었다. 그냥 집에 가고 싶었다.

'이젠 하다 하다 청소까지.'

빨리 하고 가려고 했지만, 생각보다 교실이 너무 더러워 빨리 할 수 없었다. 2학년이 된 후 교실 첫 청소라 그런 것 같았다. 나는 얼른 걸레를 빨아 청소도구함을 치우고 그 뒤를 닦았다. 한 번 문질렀을 뿐인데 새까만 먼지가 가득 묻어났다.

'여기 왜 이렇게 더러워.'

여러 번 걸레를 빨아왔는데도 빨리 깨끗해지지 않았다. 그 후로 몇 번을 더 빨고 닦았다. 아무렇지 않게 사용하던 교실이 이렇게 더러웠는지 오늘 처음 알았다. 그다음에는 쓰레받기로 교실 모서리를 쓸었다. 쓸면서 다른 애들을 보니 한예린 빼고는 다 대충하는 것 같았다. 애들은 자기들도 열심히 하면 청소가 더 빨리 끝난다는 것을 모르나보다. 저러다가 청소가 언제 끝날지 모르겠다. 모서리 쪽은 봄 방학 때 선생님께서 닦았다고 하셔서 그렇게 더럽지는 않았다. 선생님께서 안 닦으셨으면 일이 더 늘어났을 텐데 다행이다. 이번에는 신발장은 닦으려고 다시 걸레를 빨러 화장실로 갔다.

'하…. 청소한 지 30분은 지났는데 아직도 안 끝났다니. 얼른 끝내고 한예린이랑 떨어져 있고 싶다.'

애들이 어느 정도 했나 보기 위해 뒷문으로 가보니 다른 애들은 온데간데없고 한예린만 남아있었다. 나는 상황 파악을 하기 위해 교실 뒷문에 서 있었다. 속마음은 한예린에게 애들 어디 갔냐고 묻고 싶었지만 한예린이랑 대화할 용기가 안 났다.

"애들 학원 있다고 다 갔어."

내가 묻지도 않았는데 한예린이 말했다. 나는 애들이 말도 안 하고 간 거에 한 번 화나고 청소를 열심히 하지도 않았고 다 하지도 않았는데 가버린 거에 두 번 화났다.

'아니, 걔네들은 말도 안 하고 가버리냐. 청소도 열심히 안 했으면서.'

나는 다시 신발장으로 가서 신발장 판을 한 번 쓱 닦았다. 신발장도 청소도구함 뒤쪽만큼 더러웠다. 거기에 더해 애들이 신발주머니에 있는 쓰레기도 버리고 가서 걸레 하나로는 깨끗하게 청소할 수 없었다. 일단 쓰레기를 쓸어 버리려고 도구함에서 쓰레받기를 꺼내와 쓸고 다시 걸레로 닦았다. 신발장은 신발이 있어서 청소도구함보다 더욱 더러웠다. 그만큼 청소하는 시간이 오래 걸렸다. 청소하는 동안 한예린이랑 둘이 있다 보니 교실이 엄청 조용했다. 한예린이 예전 일을 꺼낼까 봐 불안했다. 꺼내는 건 상관없는데 그때 사과 안 받아준 걸로 따질까 봐 무서웠기 때문이다. 예린이는 말을 잘하고 부끄럼 없는 성격이라 더 무서웠다. 솔직히 그때 왜 사과를 안 받아줬냐고 물으면 나는 제대로 대답하지 못할 것 같기 때문이다. 그래도 예전과는 다르게 크게 피하지는 않는다. 다른 사람들이 있을 때는 괜찮은데, 둘만 있으면 지금처럼 좀 불안하다. 어색하고.

'그만 청소하고 가버릴까? 근데 아직 청소 못 끝냈는데. 그래, 딱 바닥만 쓸고 가자.'

나는 얼른 쓰레받기를 들고 바닥을 쓸었다. 나는 바닥 모서리만 쓸었고 다른 애들이 대충 쓸어서 아직 바닥에 먼지들이 많았다. 나는 얼른 앞뒤로 움직이면서 바닥을 쓸었다. 바닥을 쓸면서 되게 많은 생각을 했다.

'한예린은 나를 뭐라고 생각할까? 나를 만만하게 생각할까? 나를 싫어할까?'

한예린을 살짝 보니 걔는 그냥 창틀만 계속 닦고 있었다. 청소를 마치고 얼른 청소도구함에 쓰레받기를 넣으려고 청소도구함 문을 열었다. 청소도구함 도구들이 나에게로 떨어지려고 하고 있었다. 잡아야지 생각을 했지만 너무 당황한 나머지 손이 움직이지 않았다. 한예린에게 도와달라고 하고 싶었지만 어차피 안 도와줄 게 뻔했다. 내가 맞으려는 순간 그때 한예린이 청소도구들을 잡아줬다.

"어…? 고마워…."

이때 너무 당황해서 고맙다고도 제대로 말하지 못했다. 한예린 얼굴을 보니 자기도 당황한 것 같았다. 말없이 한예린과 떨어진 청소 도구들을 다시 넣었다. 고맙다고 하고 싶었지만, 말이 차마 나오지 않았다. 보니 한예린도 할 말이 있는 것 같았다.

"저…. 저기 고마워."

내가 작게 말했다. 심장이 쿵쾅쿵쾅 뛰었다.

"아니야."

한예린이 말했다. 그냥 어색한 사이도 아니고 싸웠다가 화해도 안 한 상태여서 더욱 떨렸다. 청소하기 쉽게 올려놓았던 의자들도 원래대로 해놓고 얼른 집으로 왔다. 집에 가면서 오만가지 생각이 다 들었다.

'한예린 걔가 나를 왜 도와줬지?'

집에서도 계속 그 생각이 났다. 예상도 못한 일이 일어난 것 같았다. 나랑 심하게 싸우고 얘기도 안 하던 애가 갑자기 나를 도와준다고? 무슨 꿍꿍이가 있는 건가? 오늘은 아침에 일찍 깨서 학교에 빨리 왔다. 내가 오고 몇 분 뒤에 애들이 오고 한예린이 왔다. 한예린을 보니 자꾸 어제 일이 생각났다. 그리고 다시 친해지고 싶다는 생각이 들었다.

'그냥 그때 사과를 받아줬으면 지금도 친했을 텐데, 내가 그때 너무 억지 부렸나? 그냥 지금이라도 친하게 지내고 싶다고 말할까? 한

예린도 나를 도와준 거 보면 아예 친하게 지내고 싶은 마음이 없는 건 아닐 테니까.'

2021년 00월 00일

오늘 공부를 깜박하고 못했는데 수행평가를 쳤다.

다행히 조금 잘하던 과목이라 다행이었지, 못하던 과목이었으면….

그래도 공부를 조금도 안 했는데 A라 기분이 좋았다.

기분 좋은 상태로 하교하려는데 같이 청소해야 하는 친구가 청소해야 한다고 말해줬다. 말을 안 해줬으면 진짜 갈 뻔했는데 다행이다. 청소를 하는데 2학년 새 학기 첫 청소라 그런지 너무 더러웠다.

몇 번을 닦아도 먼지가 묻고 그래서 엄청 열심히 닦았다.

그래도 청소 다하고 도구들 넣을 때 도구들이 떨어져서 나는 덮치려고 할 때 한예린이 막아줬다.

그 일 때문인지 모르겠는데 조금 아주 조금 한예린과 친해지고 싶다는 생각이 들었다.

이 일 하나를 가지고 싸운 친구와 친해지고 싶다고 생각하는 내가 싫었지만, 어쩌면 내가 좀 더 친해지고 싶은 생각이 들었는지도 모르겠다.

몇 달 뒤-

"자, 얘들아. 너희에게는 2학년 처음 시험인 중간고사가 며칠 안 남았다. 열심히 공부하도록."

'아, 중간고사도 있었지. 1학년 때는 자유학년제라 시험을 안 쳐서 별 생각 안 하고 있었는데 이제 2학년이라 시험을 치는구나. 한예린과 관련된 일은 나중에 생각하고 중간고사에만 집중해야겠다. 생기부에도 적히고 평균 95점이 넘으면 엄마가 갖고 싶은 것도 사준다고 했으니 열심히 해야지.'

한예린과 관련된 일은 중간고사 끝나고 생각하기로 했다.

'2학년 올라오고 수업을 제대로 듣지 않았을 때가 있었는데, 그건 집에 가서 공부하고 이제부터 수업을 제대로 들어야겠다.'

나는 매 수업 시간 필기도 하고 집중을 하며 수업을 들었다. 간혹가다 저번 일이 생각나기도 했지만, 끝나고 생각하자는 마음으로 공부에 집중했다. 한예린을 보니 되게 집중하고 있는 모습이었다. 솔직히 말하자면 이번 시험에서 한예린보다 점수가 높았으면 좋겠다. 한예린은 공부를 잘해서 옛날에 친했을 때도 반에서 5등 안에 들었던 애였다. 중학교 첫 중간고사인 만큼 한예린보다 높은 점수를 받고 싶었다.

원래는 학교와 학원이 끝나면 집에 가서 폰을 보며 쉬었는데, 중간고사 기간에는 되도록 적게 쉬고 오래 공부했다. 학원을 수학밖에 다니지 않아 수학은 조금 했는데, 다른 과목들은 문제집만 봐서는 이해가 되지 않아 인터넷 강의나 사람들이 올려둔 블로그를 보며 이해했다. 학교 수업 시간만으로 다 이해하기에는 무리였기 때문이다. 그리고 토요일은 쉬는 날로 정해 쉬면서 공부를 했다. 쉬는 날을 정한 이유는 원래 조금만 공부하던 내가 한꺼번에 많이 하니까 힘들었기 때문이다. 집중이 되지 않을 때는 자꾸 한예린과의 일이 떠올랐다. 친해지고 싶은 생각이 들었다.

'한예린은 그때 무슨 생각으로 도와준 거지? 한예린도 나랑 다시 친해지고 싶어서 도와준 건가? 설마 나랑 그렇게 싸워놓고 갑자기 친해지자고 그런다고? 나랑 싸우고 며칠간 그렇게 싫은 티를 냈으면서?'

한예린이 나를 왜 도와줬는지 의문이었다. 한예린은 친구도 많고 학교에서 잘나가는 애인데 싸운 나랑 친해지고 싶어서 도와준 것일 리 없었다. 도대체 왜 도와준 건지 알 수가 없었다. 그렇다고 물어볼 수도 없고…. 계속 공부에 집중해 보려고 했지만 되지 않았다.

'설마 한예린 마니또가 나인가? 나도 한예린인데. 한예린 마니또가 나일 리가 없지. 만약 한예린 마니또가 나였으면 한예린은 나랑 싸웠고 사이도 좋지 않기 때문에, 나처럼 선생님께서 적어주신 예시를 따라 적거나 대충 적었겠지. 선물도 아무거나 줬을 거고. 근데 지금 나를 마니또로 뽑은 애는 편지를 진심 담아 쓴 것 같은데 설마 한예린일까? 일단 나한테는 중간고사가 중요하니까 중간고사 공부부터 하자. 시험까지 일주일밖에 안 남았으니까'

일단 시험 치고 생각하기로 하고 공부를 했다. 먼저 나한테 부족한 국어, 과학, 영어를 매일 3시간씩 공부하고, 나머지 과목들은 1시간씩 공부했다. 혹시나 해서 작년 중간고사 문제를 다운받아 풀었다. 다 풀고 보니 다 합해서 10개밖에 안 틀렸다. 틀린 것들도 꼼꼼히 복습하고 쉬었다.

'잘 쳤으면 좋겠다. 이번에 잘 치면 갖고 싶은 선물도 받고 내가 원하는 고등학교에 가는 것도 유리해지고.'

'열심히 공부하자 이제 5일 남았어.'

2021년 00월 00일

시험이 5일밖에 안 남았다.

시험을 5월에 친다니 너무 빨리 치는 것 같다.

중간고사 치고 좀 있으면 또 기말고사가 있다니 너무 싫다.

공부해야 할 것도 많고 그렇다고 공부를 열심히 해도 100점 맞는다는 보장도 없고….

이제 시험 기간에는 일기를 줄여야겠다.

드디어 내일 시험이다. 공부를 할 겸 해서 시험지를 다운받아 풀어볼까, 아니면 쉴까 고민을 했다. 하지만 안 하는 것보다 하는 게 도움이 되니 시험지를 풀기로 했다. 저번에 했듯이 진짜 시험 치는 것처럼 풀었다. 틀린 것은 15개. 저번보다 더 많이 틀렸다. 내가 부족한 과목들은 다 백 점을 받았는데, 내가 잘한다고 생각했던 과목 중에서 15개가 틀렸다. 지난 4일간 부족한 과목만 공부하고 잘한다고 생각했던 과목들은 복습을 안 해도 된다고 생각하고 하지 않았기 때문이다. 내일 시험을 위해 예상 문제를 풀기 잘했다고 생각하고, 내가 잘하는 과목도 빠짐없이 복습했다. 그리고 핵심 부분만 정리해

노트에 적었다. 그리고 일찍 자려고 누웠다. 늦게 자면 시험 때 졸릴 수도 있기 때문이다.

'맞다, 가방 챙겨야지.'

문득 가방을 안 챙긴 것이 생각났다.

'쓰레기는 빼고 아까 정리한 노트 챙기고, 필통 챙기고…. 근데 내일 시험지 받고 아무것도 모르겠으면 어떡하지?'

불안한 마음을 진정시키려 오늘 있었던 일을 일기장에 적었다.

2021년 00월 00일

중간고사가 내일이라 오답들을 다시 정리했다.

너무 떨린다. 못 치면 어떡하지?

오만가지 생각이 든다.

오늘은 빨리 자야겠다. 졸음으로 내일 시험을 망치면 안 되니까.

일기는 여기까지 써야겠다.

어제 좀 빨리 잔 덕분에 상쾌하게 일찍 일어나 기분이 좋았다. 학교 갈 준비 하면서 저번에 푼 시험지 틀린 것을 다시 확인하고 학교로 갔다. 교실에 들어가니 한예린밖에 없었다.

'어? 한예린이 제일 먼저 왔나 보네? 인사해 볼까? 아, 안 받아 줄 것 같은데…. 그냥 자리로 가야겠다.'

나는 내 자리로 가서 앉았다. 그리고 챙겨 온 노트를 꺼내 다시 복습했다. 몇 분이 지나자 애들이 몇 명씩 왔다. 애들도 다 중간고사 얘기였다. 망했다고 얘기하는 애들도 있었고, 공부했는지 자신 있는 애들도 있었다. 한예린도 나처럼 복습하고 있었다.

약 10분 뒤에 선생님께서 들어오셨다.

선생님께서 중간고사에 대해 설명해주시고, 9시에 종이 울리자마자 시험지를 나눠주셨다. 첫 시간은 국어였다. 시험지를 대충 훑어보니 딱히 모르는 건 없어 보였다. 국어는 글에 답이 있어서 신중하게 보면 답을 찾을 수 있다. 한 문제 한 문제 신중하게 풀어나갔다. 오래 걸리는 것은 넘기고 다른 문제부터 풀었다. 한 문제가 도저히 풀리지 않았다. 글을 아무리 자세히 봐도 답이 없었다.

'아 7분 남았는데….'

"지금부터는 OMR 작성해야 합니다."

선생님께서 말씀하셨다.

'이번에 보고 모르겠으면 찍어야겠다….'

진짜 마지막으로 다시 글을 읽고 문제를 보았다. 근데 답이 뭔지 알 것 같았다. 아까 글을 다시 읽어도, 읽어도 답이 안 보였을 때는 내가 문제 이해를 잘못한 거였다. 얼른 OMR을 꺼내 답을 체크하였다.

'국어는 서술형이 많아서 OMR 쓰는 게 오래 걸리는데 시간은 3분밖에 없고.'

나는 최대한 빨리 OMR을 체크했다.

"띠리링"

학교 종이 울리고 나는 머리 위에 손을 올렸다.

'하, 다행이다. 1분만 짧았어도 큰일 날 뻔했어.'

국어는 90점은 넘었을 것 같았다. 어려운 부분도 일단은 해결했기 때문이다. 그 뒤로 수학, 사회, 영어를 쳤다. 수학은 다 아는 거라 실수만 안 하면 됐었다. 사회, 영어는 나한테 부족한 과목이라 많이 긴장했다. 시험지를 받고 대충 훑어보기만 했는데 못 풀 것 같은 어려운 문제들이 있었다. 일단 쉬운 문제들을 풀고 어려운 문제들만 봤을 때 사회 6개, 영어 3개였다. 신중하게 보고 풀려고 했지만 몇 문제밖에 못 풀었다. 결국 시간도 얼마 남지 않아 그냥 빈칸으로 두고 OMR을 채웠다. 시험을 마치고 정리한 노트를 살펴보니 쉽다고 생각하고 별로 보지 않은 것들이었다.

'아, 쉬운 거여도 꼼꼼히 살펴볼 걸.'

나는 후회했다. 선생님께서 오늘은 3과목만 보는 날이라 바로 하교하라고 하셔서 하교했다. 집에 가서 내일 보는 역사, 중국어, 기술·가정, 과학을 공부했다. 오늘 경험을 살려 쉬운 부분도 복습했다. 그리고 이번에도 개념만 정리해서 노트에 적었다. 나는 자려고 누웠는데 잠이 오지 않아, 일기장을 펼쳐 일기를 썼다.

2021년 00월 00일

내일은 두 번째 날 시험이다.

오늘 시험 치면서 실수한 게 너무 후회된다. 다신 이런 일이 생기지 않도록 쉬운 문제도 여러 번 복습했다.

제발 이번엔 실수 좀 안 했으면 좋겠다.

괜찮아 기초만 알고 실수만 안 하면 돼.

여러 번 복습했으니까 잘할 거야.

힘내자 설은아!

7시에 알람이 울리고 나는 벌떡 일어났다. 등교 준비를 하면서 1교시에 치는 역사를 공부했다. 개념을 중심으로 보았다. 준비를 다 하고, 시계를 보니 7시 50분이었다. 집을 나와 학교로 갔다. 열쇠를 가지러 가기 전에, 저번처럼 먼저 온 애들이 열쇠를 가져갔을까 봐 교실로 먼저 가보았다. 교실로 가니 앞문에 자물쇠가 걸려 있지 않았다.

'교실에 한예린이 있겠지? 어제도 그렇고 저번에도 한예린이 제일 먼저 와 있었으니까. 근데 학기 초까지만 해도 거의 지각하기 전에 오던 애가 왜 이렇게 빨리 오지? 이번에도 한예린이 제일 먼저 와 있는 거 아니야?'

교실 문을 열었다. 근데 교실에는 별로 친하지 않은 애가 앉아 있었다.

'아, 한예린이 제일 먼저 온 게 아니었구나.'

내가 오고 몇 분 뒤 한예린이 왔다. 그렇게 몇 분 뒤에 애들이 몇 명씩 오고 애들이 다 왔을 때쯤 선생님께서 들어오셨다. 나는 1교시에 칠 역사를 복습했다. 어제처럼 9시에 선생님께서 시험지를 나눠주시고 나는 1번부터 풀기 시작했다. 공부해서 그런가, 역사는 빠른 시간 내에 풀었다.

OMR을 체크하기 전에 다시 한번 꼼꼼히 살펴보았다. 그리고 OMR을 체크하였다. 그리고 중국어도 어렵지는 않았지만 헷갈리는 게 있어서 그리 쉽지는 않았다. 이어서 기가, 과학을 쳤다. 기가는 내가 제일 잘하는 과목이라 쉽게 풀었다. 하지만 과학은 외울 게 많고 어려워서 좀 힘들었다. 과학은 쉬운 문제만 얼른 풀고 풀지 못한 문제를 세어보니 7개나 되었다. 근데 이 문제들은 다 풀 수 있는데, 공식이 기억이 나지 않아 못 풀고 있었다. 아까 본 개념 노트 내용도 생각해보고 여러 가지를 생각해보았다. 진짜 기억을 짜내서 열심히 생각해보았다.

근데 진짜 기적이 일어난 것처럼 그 공식이 생각났다. 진짜 다행이라고 생각했다. 그 공식을 이용해 7문제를 풀어나갔다. 그 문제들을 푸니 10분 정도가 남아 그 7문제를 다시 한번 풀어보았다. 혹시라도 계산 실수가 있을 수도 있으니까. 다시 한번 풀어본 결과 2문제나 계산 실수가 있었다. 한 번 더 계산해보길 잘했다고 생각하며 답을 고쳤다. 이 외에도 복잡한 공식을 다시 풀어보았다. 그리고 답들을 확인하고 OMR까지 체크하니 1분이 남았다.

'잘했어, 설은아. 그게 생각나지 않았다면 7개 다 틀릴 뻔했어. 다

행이다.'

선생님은 시험지를 걷어가셨다. 나는 마지막 과목 과학까지 치고 하교했다. '엄청 많이 공부했는데 중간고사는 2일밖에 되지 않는다니.' 하교하는 길에 편의점에서 꼬치와 삼각김밥, 라면, 바나나우유를 사서 집에 왔다. 아까 사 온 라면을 끓이고 꼬치와 바나나우유, 삼각김밥과 함께 먹었다. 근데 잊었나 싶었는데 또 한예린이 도와줬던 그 일이 생각났다. 솔직히 한예린이랑 다시 친해지고 싶다. 한예린은 아무 감정 없이 그냥 도와준 것일 수도 있는데, 한예린이 나랑 다시 친해지고 싶어서 도와준 거였으면 좋겠다는 생각이 들었다.

'아, 맞다. 학원 가야 하지. 근데 숙제 안 했는데 망했다. 조금이라도 하자.'

할 수 있는 데까지 숙제를 하고 학원에 갔다. 그런데 하필 오늘 중요한 부분을 진도 나가는데 숙제를 하지 않은 것이었다.

'아, 왜 하필 오늘 진도를 나가서.'

나는 오늘 머리가 진짜 복잡했다. 학원 숙제도 안 하고 진도도 나가고 진짜 불행한 하루 같았다. 학원 마치고 천천히 집에 걸어가는데 주머니에 있는 폰이 울렸다.

'응? 누구지? 전화 올 사람이 없는데.'

폰을 보니 [서유리]라고 적혀있었다. 한예린과 싸우고 친구가 없었던 나에게 처음으로 다가와 준 애가 서유리다. 유리는 작년에 같은 중학교에 지원했지만, 유리만 붙고 나는 떨어져서 같은 학교가 아니었다. 같은 학교가 아니어서 마지막으로 연락한 지 반년이 넘은 것 같았다. 나는 반가우면서도 왜 전화했는지 궁금해서 얼른 전화를 받았다.

"은아 맞지? 나 서유리인데 갑자기 생각나서 연락해 봤어."

서유리가 반가운 목소리로 말했다.

"응, 잘 지냈어? 완전 오랜만이다."

내가 말했다. 중학교 와서 얘기할 친구도, 인사할 친구도 없었는데 이렇게 인사하고 얘기하는 게 엄청 오랜만이었다. 나는 졸업 이후로 유리랑은 처음 전화하는 것이었다. 나와 유리는 서로 반가운 마음에 그동안 있었던 일과 어떻게 지냈는지를 말했다. 내가 집에 도착해서도 문자로 계속 대화했다. 유리와 2시간쯤 문자를 주고받아서 그런지 예전처럼 편하게 느껴졌다. 그렇게 더 주고받다가 유리가 말했다.

〔저기 은아야, 우리 내일 시내 갈래?〕

나는 너무 좋아서 바로 대답했다.

〔응, 갈래! 내일 어디서 몇 시에 만날래?〕

아까도 말했듯 나는 친구가 없어서 중학교 내내 한 번도 친구와 놀러 간 적이 없었기 때문이다. 친구와 놀러 간다는 거에 한 번 신나고 오랜만에 유리랑 논다는 거에 두 번 신났다.

'얼른 내일이 됐으면 좋겠다.'

'내일 뭐 입지? 이거 입을까? 모처럼 시내 가는데 오랜만에 치마 입을까? 너무 이상한가.'

오랜만에 놀러 가는 거라 많이 긴장했다.

'아, 그래! 옷은 셔츠에 니트 조끼를 입고 밑에 청바지를 입어야겠다. 맞다, 돈 얼마 챙겨야 하지. 네e버에 물어볼까?'

- 내일 시내 가는데 얼마 챙겨야 할까요? -

'됐다.'

띵-

'어 벌써 답변이 왔네'

- 익명: 시내 안 가보셨어요? 기본으로 5만 원 이상 챙겨야 해요. -

'아, 그렇구나. 근데 시내 안 가봤을 수도 있지. 저 사람은 왜 저렇게 말하지? 일단 넉넉하게 8만 원 챙겨야겠다. 근데 8만 원은 내 한 달 용돈인데 괜찮을까? 다음 용돈 받을 때까지 많이 남았는데… 뭐, 어때. 오랜만에 노는 건데 일기 쓰고 얼른 자야지.'

2021년 00월 00일

오늘은 유리에게 오랜만에 연락이 왔다.

처음엔 갑자기 연락 와서 조금 당황했지만, 계속 통화하고 문자를 하다 보니 유리랑 옛날처럼 친해진 것 같았다. 유리는 성격도 좋고 얼굴도 웬만한 애들보다 예쁘게 생긴 친구이다. 그래서 내가 한예린과 싸우고 유리랑 사이 좋게 지낼 때, 유리가 예쁘게 생겨서 내가 질투했던 적도 있다.

지금은 당연히 아니지만 말이다.

역시 유리는 내 인생에서 제일 잘 사귄 친구 같다.

문자를 하다가 유리가 같이 시내에 가자고 물어봤는데 나는 요즘 딱히 놀 친구도 없어서 심심했는데 잘 됐다고 생각하며 유리한테 알겠다고 하였다.

시내를 처음 가기 때문에 인터넷에 이것저것 검색도 해보았다.

5만 원 이상 챙기라는 사람들의 말에 넉넉하게 8만 원을 챙겼다. 그리고 옷도 골랐다. 솔직히 말하자면 옷 고르는데 거의 1시간은 걸린 것 같다.

얼른 자야겠다!

나는 어제 준비한 것들을 챙기고 약속 시간보다 30분 더 빨리 나가 기다렸다. 20분쯤이 지나자 유리의 목소리가 들렸다.

"은아야!"

유리가 나를 보면서 손을 흔들었다.

"유리야! 오랜만이야."

내가 말했다.

"오랜만이다. 뭐 하고 지냈어?"

유리가 궁금하단 듯이 물었다.

"그냥 그럭저럭 잘 지내고 있어. 너는 잘 지내고 있어?"

나는 일부러 유리에게 예린이와 있었던 일을 말하지 않았다. 유리는 내가 예린이랑 어떤 사이인지 알고 있어서 걱정할 것 같았기 때문이다.

"나? 나는 잘 지내지. 너 한예린이랑은 아무 일도 없어? 같은 중학교 붙었잖아. 걔가 뭐라고 안 하지?"

유리가 걱정스럽다는 듯이 말했다.

"응…. 아무 일도 없어."

"우리 뭐 하고 놀까? 스티커 사진 찍을래? 저기 유명한 곳이잖아."

유리가 말했다.

"그래."

스티커 사진은 내가 꼭 찍고 싶었지만, 친구가 없어서 찍지 못했었다. 이렇게 찍게 되니 기분이 좋았다. 나는 유리와 있으니 재밌고 행복했다. 학교에도 유리 같은 친구가 있었으면 좋겠다.

"자자, 여기 앉아. 카메라 보고 포즈 취하면 돼."

유리가 자세히 알려주었다. 나와 유리는 찍힌 사진을 보았다.

"너 표정 뭐냐."

유리가 내 사진을 가리키며 웃었다.

"그러게."

나는 친구랑 있을 때 웃는 게 근래에 처음이다.

"이제 뭐 할까?"

유리가 물었다.

"우리 마라탕인가 그거 먹으러 갈래?"

내가 말했다. 친구랑 놀 때 마라탕을 꼭 먹고 싶었기 때문이다.

"내가 맛있는 마라탕 집 알아. 따라와."

유리가 말했다. 유리를 따라갔다. 사람은 많이 없었지만, 맛은 최고였다. 그렇게 노래방도 가서 노래도 부르고 만화카페도 갔다. 내가 보는 만화와 유리가 보는 만화가 같아, 번갈아 보며 봤다. 번갈아 봐서 조금 불편했긴 했지만 재밌었다. 유리가 화장품 가게도 가보자고 해서 갔다. 나는 화장을 안 해서 유리가 보는 것을 구경만 했다.

"은아야 너 틴트 발라?"

유리가 물었다.

"아니 안 발라."

"아, 그래? 그럼 한 번 발라 봐. 이거 너한테 잘 어울릴 것 같아."

유리가 말했다. 유리의 말에 유리가 추천해준 틴트를 들어서 자세히 보았다. 틴트를 보니 예쁘긴 예뻤다. 유리가 추천해줬기도 하고 틴트도 예뻤기 때문에 사기로 하고 계산대로 갔다. 약 7,000원 정도 할 줄 알고 만 원짜리를 하나 꺼냈다. 화장품 가게 직원이 틴트 하나를 찍고 나한테 말했다.

"13,500원입니다."

너무 비싸서 놀랐다. 일단 계산하고 유리의 계산이 끝날 때까지 기다렸다. 유리는 틴트 1개를 샀는데 18,000원이나 나왔다.

'이 틴트가 뭐라고 이렇게 비싸지?'

화장품 가게를 나와, 아기자기한 소품을 사려고 소품 가게에 들어갔다. 거기에는 예쁜 소품들이 많았다. 나는 방 책상에 둘 고양이 소품을 샀다. 이것도 비쌀 것 같아 2만 원을 꺼냈는데 5천 원밖에 하지 않았다. 나는 화장품 가게에서 틴트를 살 바에 여기에서 여러 가지 소품을 사는 게 더 좋다고 생각했다. 유리도 소품 여러 개를 사고, 마지막으로 카페에 갔다. 카페에서 나는 초코라떼를 마시고 유리는 녹차라떼를 마셨다. 다 마시고 나오니 벌써 하늘은 깜깜했다. 유리는 저녁이어서 가야 한다고 했다. 아쉬웠지만 그래도 재밌어서 좋았다. 유리와 나는 학교만 다르지 집은 나랑 가까워서 같은 지하철을 탔다. 집에 가는 길에 한예린에 대한 고민을 털어놓을까 고민을 했다. 나는 결국 유리에게 한예린과 그동안 있었던 일을 털어놓았다.

"유리야, 있잖아. 사실 나 다시 한예린이랑 친해지고 싶어. 내가 고민을 털어놓을 수 있는 친구가 너밖에 없어서 말하는 거야. 너한테 말하기 전에도 고민 많이 했어."

진지하게 나의 고민을 유리에게 털어놓았다.

"그랬구나…. 근데 한예린이 너랑 친해지고 싶지 않다면 왜 너를 도와줬겠어. 걔도 너랑 다시 친해지고 싶은 마음이 조금이라도 있으니까 도와준 거겠지."

유리가 말했다.

"근데 내가 한예린이랑 진짜 친해지고 싶은 걸까 아님, 도와준 게 기억에 남아서 그렇게 생각하는 걸까? 잘 모르겠어…."

유리에게 나의 고민을 1%도 남기지 않고 말했다.

"그건 네가 어떻게 생각하느냐에 따라서 다르겠지. 근데 네가 조금이라도 친해지고 싶은 마음이 있으면, 걔한테 다가가도록 노력해 봐."

이 말이 맞는 것 같았다. 나는 한예린과 조금이라도 다시 친해질 마음이 있는 것 같다. 그런데 어떻게 다가가야 될지 모르겠다.

"이번 역은 ○○역입니다"

"야, 설은아. 다 왔어. 내리자."

유리가 말했다.

"앗, 응."

유리집은 지하철역 바로 앞 아파트라서 여기서 헤어져야 했다.

"유리야 오늘 엄청 재밌었어! 잊지 못할 것 같아. 그리고 내 고민도 진지하게 들어주고 대답해줘서 고마워!"

내가 말했다.

"나도 그래. 한예린이랑 잘 되길 바랄게! 나중에 또 놀 수 있을 때 연락할게!"

유리가 말했다. 유리가 가고 나도 집으로 왔다.

그리고 네e버에 싸운 친구와 친해지는 법을 검색했다. 어떻게 해야 다시 친해질 수 있을지 도저히 방법이 생각나지 않았기 때문이다. 그런데 완전 친해지고 싶은 건 아니었다. 그냥 조금이었다. 유리의 말을 듣고 조금이라도 친해지고 싶으니까 노력하고 있다. 검색하니 여러 가지 방법이 나왔다.

- 첫째 인사하기
- 둘째 다가가기
- 셋째 말 걸기

효율적인 방법 같았지만, 나한테는 너무나도 어려운 방법이었다. 그래도 내일 한번 해보기로 했다.

2021년 00월 00일

오늘 유리랑 같이 시내에 갔다.

인생네컷도 가고 마라탕 집에도 가고 화장품 가게도 갔다.

지금까지 놀았던 것 중에 제일 재밌었던 것 같다.

유리랑 또 놀고 싶어서 헤어진 후 문자를 보냈지만, 유리네 학교는 이제부터 시험 기간이라 공부해야 한다고 하였다.

유리는 나랑 논 게 시험 치기 전 마지막으로 노는 것이라고 했다. 시험 끝나면 또 놀자고 말했다.

유리가 얼른 시험이 끝나면 좋겠다.

그러면 그때는 어디 가서 놀지? 생각만 해도 재밌을 것 같아 웃음이 나왔다.

아, 참. 그리고 유리에게 내 고민을 털어놓았다.

유리는 나의 고민을 자신의 고민처럼 잘 들어주어서 정말 고마웠다.

그리고 내일 한예린에게 인사를 해보려고 한다. 나도 한예린이랑 친해지려면 조금이라도 노력을 해야겠다.

한예린이 내 인사를 꼭 받아줬으면 좋겠다.

내일이 떨리기도 하고 얼른 왔으면 좋겠다.

한예린은 받아줄까?

오늘도 교실 문이 열려있을 것 같아 일부러 교무실에 가지 않고 교실로 바로 갔다. 하지만 오늘은 웬일로 문이 열려있지 않았다. 나는 교무실로 가서 다시 열쇠를 가지고 왔다. 열쇠를 갖고 오니 교실 앞에 한예린이 서 있었다. 신발장에 놓여있는 내 신주머니를 보고, 내가 열쇠를 가지러 간 걸 알았나 보다. 열쇠로 문을 열고 한예린과 교실로 들어갔다. 한예린에게 인사를 해보려고 하였지만, 도저히 용기가 나지 않았다.

"안녕…?"

내가 작은 목소리로 말했다. 하지만 한예린은 받아주지 않고 그냥 나를 지나쳐갔다.

'왜 안 받아주지? 너무 작게 말했나? 아니면 일부러 무시한 건가?'

서운한 마음이 들었다. 학교를 마치고 집에 가는데, 앞에 한예린과 한예린 친구가 있었다. 한예린은 친구와 집에 같이 가는 것 같았다. 어차피 한예린이랑 집이 같은 방향이라 계속 한예린 뒤에서 걸어가야 했다.

"예린아, 근데 너 설은아랑 무슨 사이야? 아침에 매일 너 주변에서 할 말 있는 듯이 서성거리잖아."

친구가 궁금한 듯 한예린에게 물었다. 한예린과 한예린 친구는 내가 뒤에 있다는 것을 모르는 것 같았다.

'내가 아침에 한예린한테 인사하려고 하는 게 다른 사람 눈에는 서성거리는 것처럼 보였구나.'

나는 한예린의 대답이 궁금하고 듣고 싶었기 때문에 귀를 기울였다.

"아, 걔? 그냥 작년에 싸운 친구인데 아무 사이 아니야."

한예린이 말했다. 나는 한예린이 그냥 친구라고 말할 줄 알았는데 이렇게 말할 줄은 몰랐다.

"엥? 걔는 너랑 친해지고 싶어 하는 것 같은데 넌 어때?"

한예린 친구가 물었다.

'한예린이 친하게 지내고 싶은 마음이 없으면 어떡하지? 그럼 나도 포기해야겠지? 걔는 마음이 없는데 나 혼자 친해지려고 노력하면 뭐해. 다 헛수고지.'

한예린의 대답이 궁금하기도 하고 친해지고 싶은 마음이 없을까 봐, 걱정이 되기도 했다.

'에이. 그래도 청소 도구들 떨어졌을 때 잡아주고 그랬으니까 조금은 아주 조금은 친해지고 싶다고 하겠지. 뭐.'

“나? 그냥 그럭저럭.”

한예린이 대답했다.

한예린과 친해지려고 했던 노력들이 다 물거품이 되어버리는 것 같았다. ‘이 얘기는 친해지고 싶지 않다는 거잖아. 왜 그때 도와줘서…. 한예린의 말을 듣고 한예린과 그 친구를 가로질러 집으로 왔다. 한예린은 내가 뒤에 있다는 걸 몰랐는지 내가 앞으로 가로질러 가는 것을 보고 당황한 것 같았다.

‘한예린은 내가 싫은가? 왜 그렇게 말했을까?’

계속 그 생각만 하다가 일기를 쓰고 잠이 들었다.

2021년 00월 00일

한예린에게 인사를 했는데 한예린은 못 들었는지 받아주지 않았다. 나는 그때 온갖 생각이 다 들었다.

‘왜 내 인사를 무시했지? 나를 싫어하나….’

한예린과 다시 친해지고 싶은데 한예린은 아닌 걸까? 애초에 나와의 사이를 학교 밖에서 생각해본 적이 있을까 싶다.

그냥 한예린은 나에게 관심이 없는 것 같다.

그리고 한예린과 같이 다니는 친구가 한예린에게, 나를 어떻게 생각했는지 물어봤다. 한예린은 나를 별로 신경 쓰지 않는 것 같이 말해서 속상했다.

용기를 내서 한 나의 행동이 그냥 다 헛수고 같았다.

Chapter 3

함께 한 놀이공원

—

"은아야, 애들이랑 이번 주 토요일에 놀이공원 갈 건데 같이 갈래?"

우리 모둠 유진이가, 쉬는 시간에 떠들어 대는 남학생들 사이로 나에게 다가오며 말했다. 유진이는 수업 시간에 발표도 잘하고, 여자아이들을 많이 이끄는 활발한 아이이다. 아주 친한 사이는 아니지만 유진이가 나에게 먼저 같이 놀러 가자고 제안한 것은 처음이었다.

"놀이공원? 누구랑 가는데?"

"나랑 지현이랑 예린이랑. 괜찮아?

지현이는 유진이와 친한 애이다. 유진이만큼 활발하진 않지만 조용한 나보다는 말을 많이 하는 아이이다. 거기까진 괜찮은데. 왜 아직까지 불편한 예린이도 같이 가는 걸까. 나는 만약에 가게 되면 예린이랑 다니게 될 것 같았다. 유진이랑 지현이랑 친하니까. 그래도 친구들이랑 더 친해질 수 있는 기회는 지금뿐인 것 같았다. 여기서 거절하면 제 발로 굴러 들어온 복을 차버리는 것과 똑같은 거니까.

"응, 괜찮아. 몇 시에 어디서 만나는 거야?"

"학교 앞 공원에서 11시까지. 우리 점심 먹고 갈 거거든."

"응, 그럼 그때 봐."

그렇게 약속을 잡았지만 마음은 여전히 불안했다. 혹시나 놀이공원에 가서 예린이랑 더 싸운다거나, 아니면 나만 조용해서 나 혼자만 다니게 된다거나. 만약에라도, 정말 만약에라도 내 생각처럼 된다면 난 어떻게 해야 하지? 괜히 간다고 했나 싶을 때쯤 창문을 바라보던 예린이와 눈이 마주쳤다. 예린이는 잠시 당황하는 듯싶더니 나에게 보일 듯 말 듯한 희미한 미소를 지었다. 그리고는 황급히 옆에 있던 친구에게 말을 걸었다.

하지만 나는 봤다. 정말 조그맣게 나에게 웃음을 지어주었다. 그 웃음을 보고 나도 슬며시 웃음이 지어졌다. 그리고 또 하나. 잠시라도 불안에 떨어 그런 생각을 했었던 내가 한심스러웠다. 예린이는 내가 위험할 때도 막아주고 의도치 않게 눈이 마주쳤을 때도 나에게 웃어줬는데. 나는 거기에 대한 보답을 하지 못했다. 이젠 그 보답을 놀이공원에 가서 같이 놀고 더 친해지는 것으로 해야 되겠다. 때마침 그때 수업 시작을 울리는 종소리가 들려왔다. 내가 제일 싫어하는 수학시간이었지만, 전보다는 조금 마음이 편해진 것 같았다. 심호흡을 하고는 자리에 앉으며 '토요일 11시까지 학교 앞 놀이공원'을 되새겼다. 아직 불편한 예린이가 있었지만, 그 날이 기다려졌다.

고된 학교생활을 마치고 집으로 들어오니 웬일인지 학원에 갔을 언니가 집에 있었다.

"너 학원 안 갔어?"

"또 언니라고 안 부르지. 오늘 학원 휴강한대."

"그럼 엄마는? 엄마 오늘 회사 가는 날 아니잖아."

"친구 만나러 가셨대. 너도 좀 친구랑 놀아라. 너 있으니까 내가 친구를 못 데려오잖아."

"그게 왜 나 때문이야. 나 조용한 성격인 거 잊었어?"

"너는 밖에서만 조용하잖아. 집에서는 맨날 노래 부르고 다니면서. 밖에서도 좀 그래봐."

"아, 됐어. 나 방에 들어간다."

언니 말이 백 퍼센트 맞긴 하다. 집에서는 말도 많이 하고 노래도 부르고 많이 활발한 편이지만, 학교에서나 학원에서는 조용한 편이다. 다른 애들은 친구들이랑 있을 때에는 활발하고 집에 가면 조용해진다는데, 나는 그 반대다. 처음에는 내 성격을 바꿔보려고 했지만, 그렇게 하는 게 더 어색했다. 그래서 지금까지 소심한 나로 지내고 있다. 성격이 소심하고 다른 친구보다 조용해서, 토요일에 애들이랑 잘 어울릴 수 있을지 모르겠다. 때마침 그때 도어락을 누르는 소리가 들리더니 엄마가 들어오셨다.

"설은아, 엄마 오셨어."

엄마는 양손에 무언가를 잔뜩 가지고 오셨다. 저녁 메뉴인 닭갈비 찜 재료라고 하셨다. 그날 저녁, 나는 가족이 다 모인 저녁 식사 자리에서 고민을 털어놓았다. 부모님은 내 고민을 들어주는 동시에 나를 응원해주셨다.

"엄마는 은아가 걱정할 필요가 없다고 생각해. 오해가 있으면 풀고, 더 친해져야지. 그러니까 너무 많이 걱정하지 마. 알았지?"

"아빠도 그렇게 생각해. 은아가 힘들겠지만 부딪혀봐야지. 아빠는 은아 항상 응원해."

그 말들로 인해서 나는 조금씩 용기가 생겼다. 예린이는 아닐지 몰라도 나는 예린이에게 먼저 다가가려고 한다. 또 유진이와 지현이랑 더 친해지는 계기가 될 수 있을 것 같다. 정신을 차리고 보니, 벌써부터 놀이공원에 갈 때 필요한 것들을 챙기고 있었다. 토요일이 오늘만큼 기다려지는 것은 처음이었다. 예린이도, 유진이도, 지현이도 한 마음이겠지. 문득 이 일을 일기장에 쓰면 좋을 것 같아서 책상에 앉아 일기를 썼다.

2021년 00월 00일

토요일에 놀이공원에 가게 되었다. 유진이와 지현이, 그리고 작년에 아주 친했던 예린이와 함께 말이다. 아직 예린이와 화해하지 않아서 조금 불편했지만, 이렇게 하면서 차츰차츰 괜찮아지리라 생각하고 같이 가기로 했다.

벌써 그때 입을 옷을 준비하고 있다. 토요일까지는 아직 남았지만, 너무 기대된다. 엄마도, 아빠도, 나를 응원해주고 있다는 생각에 더 들뜬 것 같다. 예린이와 함께 있는 것이 불편할지 몰라도 같이 놀면 재미있을 것 같다. 토요일이 정말 기대된다.

토요일이 되었다. 기다렸지만, 긴장되는 그런 날이다. 화창한 햇살이 눈부시기까지 했다. 편하고 예쁜 옷으로 갈아입고 평소에는 거의 하지 않는 화장도 했다. 친구랑 놀러 가는 것이 오랜만이라 그런 것 같다. 거실에 있던 언니가 내 모습을 보고는 태클을 걸었다. 아침부터 짜증나게….

"놀러 간다고 웬 일로 좀 꾸몄네."

"아침부터 왜 태클이야. 예쁘다고 안 해줄 거면 말하지 마."

"그래, 그래. 예뻐."

별로 칭찬을 해주지 않던 언니여서 그런지 그런 말을 들으니 진짜 내가 예뻐 보이는 것 같았다. 언니가 태클 걸어서 짜증난다고 했던 거 취소.

"너 오늘 예쁘니까 사고 치지 마라."

언니는 얄밉게 충고 아닌 충고를 해주었다. 조금 기분이 나쁘긴

했지만, 언니의 마음을 대충 알 것 같다. 나는 마지막으로 이상한 건 없는지, 챙길 거 다 챙겼는지 등을 체크하고 현관문을 나섰다. 햇빛이 있지만 덥지는 않은 날씨. 딱 내 스타일이었다. 바람도 살랑살랑 불어왔다.

학교 앞 공원에 도착했을 때는 아무도 없었다. 시간을 보니 10시 45분이었다. 바람을 맞으며 그네에 앉아서 애들을 기다리고 있었는데 저 멀리서 누군가가 뛰어왔다. 예린이었다. 잠시동안의 정적이 이어졌다. 마치 일면식도 하지 않은 사람을 본 것처럼.

"…."
"안녕…. 예린아."
"어, 안녕! 너 오늘 좀 예쁜 것 같아."
"어? 고마워. 너도 예뻐."

예린이가 예쁘다고 해주니까 나도 덩달아서 신이 나서 예쁘다고 해줘 버렸다. 우리 아직 제대로 얘기도 나눠본 적 없는데. 그 짧은 이야기를 끝낸 뒤, 다시 우리는 조각상처럼 몸도 입도 굳어졌다.

10분이나 지났을까. 뒤쪽에서 나와 예린이를 부르는 목소리가 들렸다. 유진이와 지현이가 뛰어오고 있었다. 유진이는 뛰어올 때도 악착같이 앞머리를 지켰다.

피식 하고 웃음이 나왔다. 지현이는 뛰어왔는데도 숨이 차지 않는지 우리에게 말을 걸어왔다.

"늦어서 미안해, 이유진 기다리느라. 유진이가 늦었거든."

"아니, 오빠가 화장실에서 나오지를 않았다고. 내가 늦고 싶어서 늦은 거 아니거든!"

"괜찮아. 그럴 수도 있지, 뭐. 그렇게 늦은 것도 아니잖아."

"역시 은아는 마음이 넓다니까."

"그럼 우리 밥부터 먹을까?"

"그러자. 나 아침 일찍 먹었단 말이야."

그렇게 우리는 맥드버거 가게에 들어가서 안쪽에 자리를 잡았다. 나랑 예린이는 불고기 버거 세트를 주문했고, 유진이는 빅맥 세트를, 지현이는 요즘 인기 있는 맥드버거와 유탄소년단이 콜라보한 세트를 주문했다.

유탄소년단은 국내에서도 해외에서도 인기 있는 아이돌인데, 지현이가 유탄소년단을 좋아한다. 나도 유탄소년단을 좋아한다. 예린이와 싸우고 유탄소년단의 노래로 위로를 많이 받았기 때문이다. 예린이를 생각하니까 조금 마음이 울적해졌다. 햄버거를 주문할 때도 우리 둘의 취향이 비슷하다는 것을 다시 한번 느끼게 되었기 때문이다. 하필이면 내 앞에 예린이가 앉아서 자꾸 눈이 마주쳤다. 그래서 나는 유진이의 눈을 피하려고 대화를 이끌었다.

"근데 이렇게 먹고 놀이기구 타면 속 울렁거리지 않을까?"

"그래서 내가 준비한 코스가 있지. 사거리 옆에 있는 벚꽃길 있잖아. 거기가 예쁘거든? 소화도 시킬 겸 그 길로 가자. 어때?"

"헐, 완전 좋아. 지현이 너 센스 있는 아이구나?"

지현이가 내 이야기를 받아 이야기했다. 지현이는 벚꽃길로 걸어서 놀이공원까지 가자고 했고, 유진와 나는 동의했다. 다만 예린이가 조금 투덜거렸다.

"꽃 보는 건 좋은데, 걸어야 되잖아. 힘든데…."

"나랑 은아는 찬성인데 너만 반대거든? 그냥 가자. 꽃 구경하고 좋잖아."

"뭐 은아가 그렇게 한다면 나도 할게."

예린이는 조금 투덜거리다가 내가 그렇게 한다는 소리를 듣고 말을 바꾸었다. 왜 내가 간다고 하니까 갈까. 예린이도 나와 화해하고 싶은 마음이 있는 걸까? 그런 생각을 할 즈음, 유진이가 다시 입을 열었다.

"근데 나 오늘 새로운 거 알게 됐어."

"응? 뭔데?"

"우리 셋은 좀 활발한 편이잖아. 근데 나 은아가 이렇게 말 많이 할 줄은 몰랐어."

"왜? 내가 활발한 것 같아서 이상해?"

긴장됐다. 침이 꼴깍 삼켜지면서 이상하게 답이 기다려졌다.

"아니, 전혀! 오히려 활발하고 잘 웃으니까 보기 좋아."

"그래. 이제부터 잘 웃고 다녀."

어떤 말이 나올까 긴장했었는데 막상 좋다는 말을 들으니 내 기분도 좋아졌다. 항상 웃어도 빙그레 미소만 짓던 나여서 그런지, 친구들 눈에는 내가 웃는 게 예쁘게 보였던 것 같다. 칭찬해줘서 고맙다고 말하려고 고개를 돌리는 순간, 또 한 번 예린이와 눈이 마주쳤다. 예린이는 이번에는 당황하지 않고 나를 똑바로 쳐다보았다. 그리고는 저번처럼 웃음을 지어줬다. 나는 예린이 쪽을 쳐다보며 말했다.

"고마워, 얘들아. 이제부터 많이 웃어야겠다."

우리 4명은 아무 말 없이 꽃길을 걸었다. 간간이 꽃이 예쁘다고만 할 뿐이었다. 우리는 같이 놀게 된 지 얼마 되지 않은 친구들인데도 불구하고, 오래 지냈던 친구처럼 어색함이 없었다.

"얘들아, 있잖아. 나 말할 거 있어."

고요하지만 어색하지 않은 적막 속에서 예린이가 우리에게 말을 걸어왔다. 혹시나 예린이가 우리가 싸웠던 일에 대해 친구들에게 말할까 봐 조금은 불안했다.

"나 사실 놀이기구 잘 못 타."
"어? 그게 무슨 소리야? 혹시 고소공포증 있어?"

유진이는 예린이가 그럴 줄 몰랐는지 예린이에게 되물었다.

"아니, 그건 아닌데 놀이기구 타는 것을 좀 무서워해."

다행히도 예린이가 말한 것은 우리의 이야기가 아닌 예린이의 개인적인 이야기였다. 예린이가 놀이기구를 잘 타지 못한다는 것은 나도 예전부터 알고 있었다. 그래서 예린이가 놀이공원에 같이 간다고 했을 때에도 조금 의아했었다. 그리고 살짝 걱정이 되기도 했다.

"괜찮아, 예린아. 나도 놀이기구 잘 타지는 못 해. 고소공포증 있거든. 근데 심하지는 않아서 타보려고 하고 있어."

지현이가 말했다.

"나는 롤러코스터 같은 거 잘 타는데. 노는 것을 워낙 좋아해서!"

"잘 못 타는 사람 부러워 하라고 자랑하냐?"

"그래, 자랑이다. 근데 은아는 놀이기구 잘 타?"

유진이가 자기의 말을 마치고 나에게로 대화를 넘겼다. 사실 나는 놀이기구를 너무 잘 타는 편이라 친구들이랑 놀이공원에 가면 나만 신나게 놀 때도 있었다.

"응! 놀이기구 탈 때 워낙 소리도 많이 지르고 계속 타자고 졸라대서 친구들이나 가족들이 힘들어할 때도 많았어."

"헐, 그렇구나. 그럼 나랑 잘 맞겠다, 그치?"

"그러게, 오늘 놀아보면 알게 되겠지?"

그렇게 놀이기구에 대한 이야기를 하다 보니 어느새 놀이공원에 도착했다. 우리는 하루 종일 놀기 위해서 자유 이용권을 끊고 귀여운 토끼 모양의 머리띠를 샀다. 제일 먼저 물배를 탔다. 다른 놀이기구에 비해서는 물배가 안 무섭기 때문이었다. 두 명씩 타야 해서 가위바위보를 해, 짝을 나누었다. 지현이와 같은 주먹을 내서 물배를 탈 때에는 지현이의 옆에 앉게 되었다. 지현이가 가장 좋아하는 놀이 기구가 물배라서 그런지, 지현이는 아까보다 많이 들떠 있었다.

"오랜만에 물배 타봐. 내가 좋아하는 게 물배라서 더 기대돼."

"진짜? 나도 물배 좋아해. 물이 좀 튀기기는 하지만."

"맞아, 물 튀기면 찝찝하긴 한데 그래도 또 타고 싶더라."

그때 안전요원이 우리에게 타라는 신호를 보냈다. 우리 앞자리에는 유진이와 예린이가 탔다. 예린이도 물배를 좋아하지만, 그래도 무서워하는 것 같았다. 유진이는 예린이에게 용기를 주고 있었다.

"예린아, 무서워하지 마. 너도 알잖아, 물배 재밌는 거."

나도 유진이의 말에 한마디 거들었다.

"그래. 유진이도 옆에 있고, 나랑 지현이도 네 뒤에 있잖아. 긴장 풀어, 예린아."

예린이는 그제서야 조금 괜찮아졌는지 활짝 웃었다.

"알겠어. 긴장 풀게. 어어, 거의 다 올라온 것 같은데?"

예린이의 말이 끝나고 몇 초 뒤, 물배가 잠깐 멈췄다가 전속력으로 내려갔다. 우리는 놀라기도 하고 재밌기도 해서 소리를 질렀다.

"꺄아아아악! 재밌다!!"

"이거 너무 빠른 것 같은, 으아아악!!"

"근데, 물 다… 튀었어…."

물배를 타고 나니, 옷에는 물이 튄 자국으로 가득했다. 유진이의 앞머리는 물 때문에 빗자루처럼 되어 있었다. 예린이도 몸은 오들오들 떨고 있었지만 표정은 활짝 웃고 있었다. 하지만 예린이가 조금 추워 보여서 내가 입고 있던 가디건을 벗어 주었다.

"자, 이거 입어. 너 추워 보여."

"어? 조금 춥긴 한데…. 나 괜찮아."

"누가 봐도 지금 추워 보이거든? 그러니까 이거 입어."

"고마워, 은아야."

"오오!! 은아가 예린이한테 가디건 벗어 준 거야?"

지현이가 옆에서 우리를 보며 장난기 가득한 웃음을 지어 보였다.

예린이는 지현이를 보며 멋쩍은 웃음을 지어 보였다. 나도 마찬가지였다. 그리고 예린이랑도 마주 보며 수줍은 미소를 지어 보였다. 요즘 부쩍 예린이와 친해진 것 같다. 아직 제대로 된 화해 하나 없는데도 말이다. 그게 조금 꺼림칙해서 신경이 쓰이는 부분이다.

"은아야, 뭐해? 바이킹 타러 안 가?"

"지금 가!"

그 생각은 잠시 멈추고 나를 기다리고 있는 친구들에게로 뛰어갔다. 이번에는 바이킹을 타기로 했다. 조금씩 무서운 단계를 올려보기로 했다. 우리는 어린이용보다 조금 더 큰 성인용 바이킹을 타기로 했다. 앉는 좌석도 커서 그런지, 4명이 나란히 앉을 수 있었다. 왼쪽에서부터 유진이, 지현이, 나, 예린이 순서로 앉았다.

"올 때마다 타는 바이킹이지만 긴장되긴 하네."

"맞아, 근데 예린이는 바이킹 타는 거 괜찮아? 아까 물어본다는 게 깜박했어."

유진이가 목을 쭉 뺀 상태로 예린이를 보며 말했다.

"나 바이킹은 진짜 좋아해. 유일하게 아예 안 무서워하는 놀이기구가 바이킹이거든."

"그래? 그럼 다행이다. 혹시라도 바이킹 무서워하면 어떡하지, 막 이런 생각했잖아."

그때 안내해주시는 분이 작은 신호를 보냈다. 바이킹이 올라간다는 신호였다. 타이밍에 맞춰 바이킹이 올라가기 시작했다. 처음이라서 높게 올라가지는 않았다. 친구들도 그렇게 많이 무서워하지는 않는 눈치였다. 하지만 그 후부터가 문제였다. 바이킹은 속도를 올리기 시작했다. 올라갔다 내려갔다 하는 시간이 점점 빨라졌고, 그만큼 높이도 조금씩 올라갔다.

"으어. 지현아, 나 어떡해. 무서워!"

"언제는 바이킹 좋아하고 잘 탄다더니."
"그래도 무서운 걸 어떡해!"

유진이는 지현이에게 무섭다고 어리광을 부렸다. 지현이는 안 무서워하는 것 같았지만, 손을 보니 조금씩 떨고 있었다.

"지현아, 솔직하게 말해봐. 너도 무섭지? 그치?"
"무, 무슨 소리를 하는 거야! 나 안 무섭거든?"
"손 떨고 있는데?"
"아…, 조금 무섭다, 왜!"
"지현이도 이런 면이 있었어? 몰랐네."

바이킹은 점점 더 속도를 내면서 우리의 말들은 조금씩 안 들리기 시작했다. 바이킹은 곧 정점을 찍을 듯했지만 그러지는 않았다. 점점 높여지는 긴장감 때문에 우리는 소리를 질러댔다. 누가 보면 익룡인 줄 알 정도였다.

"꺄아아악! 무서운데 재밌어!!"
"이유진, 소리 지르지 마! 귀 아파, 꺄아악!!"

아주 대환장 파티라고 칭해도 될 것 같았다. 문득 옆을 봤는데 예린이는 아주 행복한 표정을 짓고 있었다. 예린이가 행복해하니까 덩달아 나도 기분이 좋아졌다. 하지만 좀 무섭기는 했다. 어느샌가 바이킹은 정점을 찍고 내려오고 있었다. 우리는 맥이 다 풀린 상태로 바이킹을 빠져나왔다.

“이유진, 너 때문에 내 귀 아프잖아. 소리를 하도 질러대서.”

“지현아, 너도 만만치 않았거든? 내 귀도 아파.”

유진이와 지현이의 작은 투닥거림과 함께 말이다. 우리는 놀이기구를 두 개 탔지만, 힘이 다 빠져서 벤치에서 잠깐 쉬기로 했다.

“나 화장실 갈 건데 같이 갈 사람!”

“나도 갈래.”

유진이와 지현이가 화장실에 간다고 했다. 나는 예린이와 둘이 남는 게 불편해서 화장실에 가겠다고 했다.

“나도 갈래.”

“은아는 급한 거 아니면 기다리는 게 좋을 것 같아.”

“맞아. 예린이가 혼자인데다가 화장실은 너무 복잡할 것 같아.”

하지만 유진이와 지현이는 나랑 예린이는 나중에 가는 게 좋겠다고 답을 했다. 불편했지만 어쩔 수 없었다.

“그럼 갔다 와. 우리 둘이 여기서 기다릴게.”

“응, 빨리 갔다가 올게.”

유진이와 지현이가 간 후, 벤치에는 잠깐의 정적이 일어났다. 예린이와 조금 친해진 느낌이 들었지만, 아직은 불편했다. 아까 만날 때는 예린이가 먼저 말을 걸었지만, 이번에는 내가 먼저 말을 걸기로 다짐했다. 그리고 힘겹게 입을 열었다.

"예린아, 너는 나 안 불편해?"

예린이는 내가 말을 하자 당황한 표정을 지었다. 하긴, 나 같아도 그럴 것이다. 싸우고 나서 말도 거의 안 했던 애가 그렇게 물어보니 말이다. 나도 말을 하고 아차 싶었지만, 말을 바꾸지는 않았다. 예린이의 마음을 알고 싶었다.

"음, 그러면 사실대로 얘기해도 돼?"
"어? 응, 괜찮아. 편하게 말해 봐."

예린이가 사실대로 말한다고 하니까 조금 겁이 났다. 혹시라도 나를 불편해하면 어쩌지, 나를 싫어하기라도 한다면? 그런 생각들이 내 머릿속을 점령했다. 거기다 예린이는 뜸을 들이고 있었다. 예린이의 입에서 그런 말이 나올 가능성은 충분히 있었다. 하지만 예린이의 입에서 나온 말은 완전 예상 밖의 말이었다.

"하나도 안 불편해. 너랑 같이 있는 거."

하나도 안 불편하다니. 이게 무슨 말일까. 그래도 조금은 불편할 텐데 하나도 안 불편하다고 말하는 예린이에게 의문이 들었다.

“하나도 안 불편하다고? 그래도 우린 싸운 사이고, 아직 제대로 된 화해 하나 한 적도 없는데?”

“진짜 안 불편해. 내가 거짓말하는 것처럼 느껴진다면 그렇게 생각해도 돼. 근데 진짜로 너 안 불편해.”

예린이는 그렇게 말하고는 다시 개미 한 마리 보이지 않는 땅을 쳐다보았다. 예린이가 하는 말이 솔직히 믿기지 않았다. 그리고 예린이는 거짓말을 하고 있고, 아직 나와 화해할 마음이 없는 것 같았다. 그래서 나도 이제는 말을 하지 않았다. 이렇게 내가 용기 내서 한 우리의 제대로 된 대화는 끝이 났다. 다행히도 이 어색한 분위기를 풀어줄 지현이와 유진이가 왔다.

“뭐야, 여기 분위기 왜 이래? 왜 이렇게 가라앉아 있어?”

“설마…. 너희 둘이 싸웠어? 그게 아니고서야 이렇게 분위기가 다운될 리는 없는데.”

지현이의 말에 나는 뜨끔했다. 예린이는 어떨지 몰라도 예린이랑 나의 과거를 알게 될까 봐 조금 걱정되었다.

“아니야, 우리 둘이 아직 많이 안 친해서 어색해서 그래.”

“맞아, 빨리 친해지고 싶은데 마음처럼 그게 잘 안 된다.”

“에이! 그런 거라면 미리 말을 해주지. 난 진짜 싸운 줄 알았단 말이야.”

“그래. 그럼 우리가 도와줄게! 다음 놀이기구는 너희 둘이 같이 타. 알겠지?”

다행히도 예린이가 거짓말을 해서 무사히 넘겼지만, 또 하나의 고비가 생겼다. 바로 다음 놀이기구는 예린이와 함께 타야 한다는 것.

아까보다 더 어색해서 불편해졌는데 같이 놀이기구까지 타라니. 정말 환장할 노릇이었다. 하지만 우리를 도와주겠다는 둘의 말을 거절할 수는 없었다. 그래서 아무 일도 없었다는 듯이 그러겠다고 했다.

"알겠어. 그렇게 탈게."

"은아는 괜찮다고 했고. 그럼 예린이는? 예린이도 괜찮아?"

"나도 괜찮아. 은아랑 친해지는 기회가 되겠지."

예린이도 나랑 같이 타고 싶다고 말했다. 하지만 나는 안심할 수 없었다. 예린이가 진심으로 저 말을 하는 것인지, 아니면 유진이와 지현이가 있어서 거짓말을 하는 것인지 헷갈렸기 때문이다. 그래도 약속은 약속인지라 그냥 한 번만 같이 타기로 마음먹었다. 예린이는 안 불편한가 하는 생각이 들어서 예린이의 얼굴을 한 번 봤는데, 예린이도 나처럼 조금 불안해 보였다. 방금 싸우고 같이 타려니까 조금 당황했겠지. 나는 예린이가 나를 보기 전에 재빠르게 예린이를 향하던 시선을 거두었다. 유진이와 지현이는 다행히도 우리의 얼굴이 조금씩 바뀐 모습을 못 본 것 같았다. 유진이는 그새 신나서 저 멀리 있는 포토존까지 간 상태였다.

"얘들아! 여기서 사진 찍자, 빨리 와!"

"저 말괄량이 이유진을 어떻게 말려. 야, 이유진 같이 가!"

다 같이 사진을 찍자는 말에 지현이는 유진이에게 같이 가자는 말을 하며 뛰어갔고, 뒤이어 나랑 예린이도 따라서 뛰어갔다. 가보니 예쁜 포토존이 줄지어서 쫙 깔려 있었다. 유진이가 가리킨 곳은 하트 모양 조형물이 있는 의자였다. 의자는 딱 네 개였고, 우리가 앉기에 딱 좋았다.

"오, 이유진. 보는 눈은 좋은데?"

"그렇지? 내가 좀 보는 눈이 있다니까. 근데 우리 사진은 어떻게 찍지? 삼각대도 안 가져왔는데."

유진이가 걱정스러운 눈빛으로 말했다. 그러고 보니 우리는 휴대폰을 지지할 수 있는 삼각대가 없었고, 셀카로 찍자니 배경이 다 담기지 않아 난감했다. 그때 지현이가 무언가 생각이 난 듯 말했다.

"그냥 지나가는 사람한테 부탁하면 되는 거 아니야?"

"맞네. 그냥 부탁하면 되겠다. 우리 바보 아니야? 이런 생각도 못 하고."

결국 우리의 결론은 지나가는 사람에게 부탁하는 거였고, 우리는 고등학생쯤으로 보이는 오빠들에게 사진을 부탁했다.

"하나 둘 셋 하면 찍을게. 하나, 둘, 셋."

그들은 사진 촬영에 소질이 있는지 예쁘게 사진을 찍어주었다. 우리는 고맙다고 말을 전한 뒤, 다시 놀이기구가 모여 있는 곳으로 이동했다.

"그 안경 낀 오빠 있잖아. 그 오빠 잘생겼지 않았어?"

"그 오빠도 잘생겼는데 목티 입은 오빠가 더 잘생긴 것 같던데. 그 오빠 키도 컸잖아. 목소리도 좋고."

"맞아, 완전 내 이상형."

뭐 여학생이라면 한 번쯤 나눠봤을 잘생긴 오빠들에 관해 대화를 나누면서 말이다. 여기서도 조금의 씁쓸함을 느꼈다. 예린이와 나의 취향이 비슷하다는 것을 다시금 느꼈기 때문이다. 키 크고 목소리 좋고. 그때 예린이가 나에게 말을 걸어왔다.

"은아도 나랑 비슷하지 않아? 그 목티 입은 오빠 말이야."

"어어, 맞아. 나도 그 오빠가 더 잘생긴 것 같았어."

어떻게 그걸 기억하고 있는지 궁금했다. 내가 기억하는 것도 대단했지만. 그리고 유진이와 지현이가 전부터 알던 사이었는지 물어볼 것 같아서 조금 불안했다. 예린이가 예전에 일을 말할까 봐. 아니나 다를까, 지현이와 유진이가 내 마음을 읽기라도 한 것처럼 나와 예린이에게 질문을 쏟아냈다.

"뭐야, 너네 둘이 알던 사이였어?"

"작년에 같은 반이었거든. 많이 친하지는 않았지."

"헐, 진짜? 그럼 걱정 안 해도 됐잖아."

그리고 예린이는 조금의 거짓말을 섞어서 유진이와 지현이에게 말했다. 사실 조금, 아니 많이 당황했었다. 이 상황이 그냥 싫었다. 불안에 떨고 예린이와 불편하게 지내고. 그래도 나는 아닌 척, 괜찮은 척을 해야 했다. 그렇게 해야지 나는 친구들과의 사이를 더 괜찮게 유지할 수 있었다.

"은아는 예린이랑 친했다고 생각해? 예린이는 너에 대해 잘 알고 있잖아."

"나? 나도 좀 많이 아는 편이야. 티 내면 예린이가 기분 나빠할까 봐 티는 안 냈어."

다행히도 말실수는 하지 않았다. 예린이와의 일을 말한다거나 우물쭈물하는 실수는 하지 않았다. 유진이와 지현이는 이해하며 "그럴 수 있지."라고 말했다. 예린이의 표정은 보지 못했다. 예린이도 나처럼 당황했을까? 당황하든, 당황하지 않았든 내가 상관할 것은 아니었다. 갑자기 지현이가 말했다.

"그래도 너희 둘은 같이 타. 이왕 같이 타는 거 더 친해지고 작년 추억도 나누고. 알겠지?"

아, 얘기가 이렇게 되는 건가? 서로 알고 있었다고 하면 같이 안 타도 된다고 할 줄 알았다. 하지만 애들은 나와 예린이를 더 붙여놓으려고 했다. 그냥 말하지 말 걸 그랬나.

"당연히 그래야지. 은아랑 안 타고 싶은 것도 아니고."

"맞아. 나도 예린이랑 한 번 더 타고 싶어."

예린이랑 나는 이번에도 장단이 잘 맞게 대답했다. 너무 깔끔하게 잘 맞아서 나도 깜짝 놀랐다. 아직까지 우리의 궁합은 잘 맞는 것 같다. 예린이는 좀 전에 일이 있고 난 뒤에 나의 눈을 마주치려 하지 않는 것 같았다. 내가 괜한 말을 한 것 같았다. 내가 한 말 때문에 가뜩이나 어색한 사이를 더 어색하고 불편하게 만들어 놨으니. 그냥 그런가 보다 하고 넘겼으면 됐을 텐데. 다시 생각해보니 후회가 된다. 잡생각을 떨치고 정신을 차려 보니, 유진이와 지현이는 이 놀이공원에서 제일 무섭다는 놀이기구를 향해 달려가고 있었다.

"유진아, 지현아. 지금 그거를 타자는 거야…?"

평소에 놀이기구를 재밌게 타던 나도 그 놀이기구는 몇 번 타보지도 않았는데 꺼렸다. 그래서 유진이와 지현이에게 되물었다. 그러자 유진이가 해맑게 대답했다.

"응! 저거 타자. 우리 오빠가 저거 재밌어하는데 별로 안 무섭대."

"너 저거 안 타봤어? 나 저거 타봤는데 엄청 무서워."

"나는 저거 타봤는데 별로 안 무섭던데."

"어? 지현이 너 무서운 거 잘 못 탄다며. 너 확실하게 대답해봐, 저거 안 타봤지? 타고 싶어서 그러는 거지?"

"어떻게 알았어? 근데 진짜 타보고 싶기는 하단 말이야."

"내가 만약에 허락해도 무서운 거 잘 못 타는 예린이는? 예린이는 어떤데. 저거 탈 수 있을 것 같아?"

나는 말을 하면서 예린이를 슬쩍 쳐다보았다. 예린이는 잠깐 고민하는 듯싶더니 우리에게 말했다.

"나도 저거 타보고 싶어. 은아야, 타자. 응?"

예린이가 아직 좋지는 않은데도 예린이의 말을 들으니 나도 갑자기 타고 싶어졌다. 예린이는 초롱초롱한 눈으로 날 바라보고 있었다. 예린이 때문에 마음이 약해진 나는 애들에게 말했다.

"그럼 타자. 무서워해도 난 모른다?"

"오케이! 나 진짜 저거 타보고 싶었는데! 무서워도 난 대환영!" "빨리 가자, 줄 더 길어지겠다."

"같이 가자, 유진아, 지현아! 얘네는 왜 이렇게 걸음이 빨라."

"우리가 걸음이 빠른 게 아니라 너네가 느린 거거든? 빨리 와."

"안전바 내리시고 기다리시면 잠시 후에 출발할 거예요."

안전요원분이 안전바를 내려주시며 우리에게 말했다. 놀이기구는 작동하지 않았는데도 떨리기 시작했다. 옆에 있는 예린이도 긴장한 것 같았다. 반면 타자고 했던 유진이와 지현이는 활발한 모습 그대로였다. 여유롭게 이야기까지 나누고 있었다.

"이거 진짜 타보고 싶었는데! 드디어 타보게 되다니."

"그러니까, 여기 오면 무조건 이거 타야 한다고. 얼마나 재밌어. 무섭기도 하지만…."

이왕 이렇게 된 거, 한 번 재밌게 타보기로 다짐하였다. 타보면 별거 아닐 거라고 생각하니 한결 마음이 편해졌다. 때마침 그때 놀이기구가 위로 움직이기 시작했다. 낮은 속도였지만, 더 긴장되었다. 앞에 타고 있는 유진이와 지현이는 재미있어하니까 걱정할 필요는 없겠고…. 옆에 있는 예린이가 걱정되었다. 얘는 그렇지 않은 척하지만, 분명 지금 무서울 것 같았다. 그래서 이번엔 내가 먼저 용기를 냈다. 나는 예린이에게 손을 내밀었다.

"손 잡아, 한예린."

"갑자기 왜 손을 잡아?"

"너 지금 무서워하고 있잖아. 손잡고 타면 안 무서워진대."

"…알겠어, 고마워."

예린이는 마지 못해서인지, 진짜로 무서워서인지, 거절을 못 해서인지 내 손을 잡았다. 따뜻한 예린이의 손과 내 손이 맞닿으니까 왠지 모르게 좋았다. 손을 잡고 나니 어색해졌던 사이도 조금씩 풀어지는 것 같았다. 우리가 손을 잡은 동시에 놀이기구도 더 높이 속도를 내며 올라가기 시작했다. 땅이 점점 멀어지는 것이 무섭기도 했지만, 예린이와 손을 맞잡고 있으니까 그렇게 많이 무섭지는 않았다.

"여기서 더 올라가는 거야? 이렇게 무서운데, 더?"

예린이가 우리에게 물어보았다. 유진이는 뒤를 돌아보며 말했다.

"여기서 한 5미터 더 올라갈걸? 솔직히 이거는 껌이지."

"너 나중에 그런 소리 못 할 거야. 이제 떨어지거든, 으아악!!"

지연이는 허세를 부리는 유진이에게 말했고 그 순간 놀이기구는 엄청난 속도로 떨어졌다. 생각보다 무섭지는 않았지만, 다른 놀이기구와는 다르게 속도도 빠르고 높이도 높았다. 예린이가 유독 무서워하는 것 같았다. 슬그머니 예린이를 보호하듯 자세를 바꾸고 손을 꽉 쥐었다. 예린이가 나 덕분에 무서움이 덜 한 것 같아서 내심 뿌듯했다. 지연이랑 유진이도 손을 꽉 잡고 있었다. 마치 우리처럼.

"와, 엄청 재미있었어. 이거 내 최애 놀이기구 될 듯."
"너 그렇게 말한 게 벌써 다섯 가지가 넘거든?"
"에이, 그 정도로 재밌다는 거지."

무섭기도 했지만 한편으로는 재미있었던 놀이기구를 타고 난 뒤, 놀이기구 뒤편에 있는 쉼터에 가서 앉아 이야기를 나누었다. 유진이와 지현이는 티격태격하며 대화를 주고받았다. 나는 이 놀이기구를 타고 안색이 안 좋아진 예린이가 걱정되어서 예린이에게 물었다.
"예린아, 안색이 안 좋은데 괜찮아?"
"괜찮아. 탈 때 조금 무서웠는데 그것 때문에 그럴 거야."
"그래? 그럼 다행이고."
"그… 고마워, 은아야. 걱정해줘서."
"아니야. 네가 괜찮으면 된 거지 뭐. 내 친구 걱정하는 건데."

손도 잡고 대화도 나누었더니 예린이와 대화하는 것이 엄청 편해진 것 같았다. 우리 네 명은 놀이공원 출입구 쪽에 있는 기념품 가게에 들어갔다. 놀이공원에 왔으면 기념품 가게를 가야지.

"은아야, 이거 예쁘지 않아? 이 토끼 인형."

"우와, 진짜 귀엽다. 토끼 귀 접힌 것 봐."

"이거 은아 너 닮았다. 동그랗고 큰 눈에 큰 이빨."

예린이는 지현이가 집어든 토끼 인형을 보고 나를 닮았다고 말했다. 그러고 보니 정말로 내 모습과 닮은 것 같았다.

"진짜네. 이거 사야겠다."

마침 열쇠고리처럼 작은 인형이어서 나는 그 토끼 인형을 샀다.

"얘들아, 우리 이거 추억으로 남기게 일기장 살래? 오늘 있었던 일들을 이 일기장에 쓰는 거야. 음… 우정 일기장처럼!"

유진이는 심플하고 예쁜 분홍색 일기장을 집어들며 우리에게 말했다. 우정 일기장. 친구들과의 추억을 기록할 수 있어서 좋을 것 같았다. 나는 유진이의 의견에 동의했다.

"그거 좋다, 우정 일기장."

다 같이 집으로 다시 돌아온 뒤, 제일 먼저 일기장을 펼쳤다. 연한 분홍색이 섞인 종이가 나를 맞이했다. 놀이공원에 갔던 일을 간략하게 적어보려고 펜을 들었다. 잡고 보니 펜도 분홍색이었다. 왜인지는 모르겠지만 조금 기분이 좋아진 상태로 일기를 썼다.

2021년 00월 00일

놀이공원에 갔다.

유진이, 지현이, 예린이와 함께 말이다. 금강산도 식후경이라고, 우리는 햄버거를 먼저 먹고 놀이기구를 탔다. 제일 좋아하는 놀이기구도 타보고, 엄청 무서운 놀이기구도 타보았다. 하지만 마냥 좋았던 것은 아니었다. 예린이와 대화를 나누면서 불편하기도 했었다.

예린이가 했던 말 중에 내가 불편하지 않다는 말도 기억에 남았다. 하지만 불편하게 지내다가 오늘 부쩍 친해진 것 같아서 마음이 편해졌다. 유진이와 지현이에 대해서도 많이 알아가는 것 같았다. 이 일을 계기로 더 친해질 수 있을 것 같기도 하다.

내일은 예린이가 힘들어하는 것이 있으면 바로바로 도와주고, 예린이가 불편하지 않도록 말을 걸어야겠다.

일기를 다 쓰고 나니 9시가 거의 다 되어 있었다. 나는 시간이 더 늦어지기 전에 유리에게 오늘 있었던 일을 문자로 보냈다.

[유리야, 나 오늘 놀이공원 갔었다? 너도 같이 갔으면 좋았을텐데. 오늘 예린이도 같이 갔는데 전보다는 편해진 것 같아. 네가 응원해준 덕분인가 봐.]

몇 분 있다가 띠링 하는 소리와 함께 유리의 답이 왔다.

〔잘됐다! 앞으로 더 편해질 수 있게 많이 노력하고. 다음엔 나도 끼워줘! 잘 자, 은아야.〕

〔응, 너도.〕

유리가 좋은 말을 해줘서 나도 모르게 웃음이 새어 나왔다. 오늘 하루는 정말로 행복한 날이었다.

월요일이 되었다. 학교에 가는 발걸음이 전보다 가벼워진 것 같아 좋았다. 학교 교문에 거의 다 왔을 때쯤 뒤에서 나를 부르는 소리가 들렸다. 뒤를 돌아보니 지현이었다.

"은아야 좋은 아침!"

"지현이도 좋은 아침. 근데 그렇게 좋지는 않은 것 같네. 오늘이 월요일이라니."

"그렇긴 하네. 오늘 빼고 4일이나 더 학교에 가야 한다니."

지현이는 내 말을 듣고 바로 수긍하며 한숨을 푹 내쉬었다.

"그래도 오늘 시간표 괜찮잖아. 체육도 있고. 우리 버텨보자."

"뭐, 그래야겠지? 빨리 가서 애들이랑 얘기하자."

우리는 학교를 향해 뛰기 시작했다. 선선한 바람이 불어와서 시원했다. 학교에 도착하자, 유진이와 예린이가 얘기하고 있는 모습이 보였다. 나랑 지현이는 유진이와 예린이에게 다가가서 인사를 했다.

"유진아 하이. 예린이도. 일요일 잘 보냈어?"

"토요일에 엄청나게 신나게 보내서 그런가, 피곤하더라. 너네는 그렇게 놀고 안 피곤했어?"

"맞아, 나도 엄청 피곤했어. 그래서 종일 침대에서 있었어."

유진이의 말에 예린이는 맞장구를 쳐주었다. 나도 맞장구를 쳐주려고 한마디 거들었다.

"별로 안 힘들던데. 종일 침대에만 있을 정도는 아니었는데."

분명 나도 힘들었다고 하려고 했는데 갑자기 이상한 말이 튀어나와 버렸다. 내 얘기로 인해 친구들은 잠깐 말이 없었다. 내가 이렇게 말실수를 하지는 않는데. 긴장하고 있어서 '말이 헛나왔겠지.'라고 생각하고 친구들에게 사과하려는 순간 더 어이없는 상황이 나에게 펼쳐졌다.

"다들 표정이 왜 그래. 나만 안 힘들었던 거야?"

'내 입이 왜 이러지? 마법에 걸린 것 같아.'

분명 나는 '미안, 너네는 힘들었을 수도 있을 텐데 내가 생각을 못했나 봐.'라고 말하려고 했었다. 그렇게 해서 분위기를 풀어보려고 했는데, 분위기를 풀기는커녕 더 싸해지게 만들어버렸다.

"아, 아니야. 다들 해야 할 거 해."

결국 사과도 제대로 못하고 그 상황에서 나만 빠져나오게 되었다.

계속 생각해봐도 내가 왜 그런 말을 내뱉었는지는 알 수가 없었다. 나는 지금까지 발표를 할 때도 일상적인 대화를 할 때도, 주위 사람들에게 피해를 주는 말실수를 하지는 않았다. 오늘 예린이를 만나는 게 저번보다 무게감 없이 만나서 그런가. 남은 시간이라도 예린이와 친구들에게 피해를 주지 않도록 말조심을 해야겠다.

"은아야, 지금까지 배운 것을 바탕으로 해서 7번 문제 풀어볼래?"

"저…. 죄송해요, 못 풀겠어요."

너무 내 말실수에 대해서만 생각을 했나 보다. 선생님의 설명을 못 듣고 문제도 풀지 못했다. 선생님은 작게 한숨을 쉬시더니 나에게 말씀하셨다.

"이제부터는 다른 생각하지 말고 잘 들어. 알았지?"

"네, 죄송합니다."

마음도 심란한데 선생님께 꾸중을 들어서 그런가, 더 심란해졌다. 그런 나를 위해주기라도 한 듯 쉬는 시간을 알리는 종이 쳤다. 다음 시간은 체육 시간이었다. 앉아서 공부하는 것보다는 체육 시간에 밖에 나가서 활동하는 게 더 재미있어서, 체육을 싫어하지는 않는다.

"오늘은 피구 할 거니까 너네들끼리 비율 맞게 팀 짜도록."

"네."

체육 선생님의 말씀이 끝나자마자 아이들은 일사불란하게 움직이며 팀을 짜기 시작했다. 친한 친구와 되려고 하는 애도 있었고, 피구를 잘하는 애를 가지고 싸우는 아이들도 있었다. 그때 예린이가 다가와서 나에게 말을 걸었다.

"은아야, 우리 같이 저 팀 들어갈까? 잘하는 애도 있고, 여자 두 명 들어오라고 하는데."

"뭐, 네가 그렇다면 그러자."

예린이는 나에게 같은 곳에 들어가자고 했고 나는 수락했다. 팀을 다 짠 뒤, 피구를 시작했다. 우리 팀에 피구를 잘하는 애가 있어서 그런지 우리가 이기고 있었다. 하지만 상대팀이 갑자기 잘하기 시작했고, 남은 사람 수가 똑같아졌다. 동점이 된 것이었다. 중요한 순간에서 상대팀에게 공이 넘겨졌다. 상대팀 애가 나와 예린이 쪽으로 공을 던졌다. 그런데 예린이가 맞아버렸다.

"한예린 아웃."

선생님이 말씀하셨다. 예린이의 아웃으로 인해 우리가 역전을 당해버린 것이었다. 그래도 괜찮다고 위로해주려고 했는데 또다시 말이 이상하게 나가 버렸다.

"한예린, 피할 수 있었잖아. 우리 역전 당했다고."

"어? 야, 그래도 너는 왜 나한테 화를 내."

이번에는 예린이도 나에게 화를 내었다. 나 때문인 것 같았다. 결국 옆에 있던 친구가 조금 중재를 하고 다시 경기를 했다. 나는 끝까지 살아남아서 우리 팀이 이겼다. 힘들었지만 이겼다는 사실에 너무 기분이 좋았다. 그때 예린이가 나에게 다가와서 물었다.

"너 왜 나한테 아까 화냈어? 내가 못 피한 건 맞는데, 화낼 필요까지는 없었잖아. 너 아까도 그렇고 왜 그래?"

예린이는 나에게 화를 냈고 거기에 살짝 억울했던 나는 다시 예린이에게 짜증을 내버렸다.

"나도 짜증내고 싶어서 그랬냐고! 나도 괜찮다고 해주려고 했어!"

"그런데 왜 그렇게 말 안 했어? 미안하다고도 안 했잖아!"

우리는 작게 말싸움을 했고, 그 과정에서 나는 울어버렸다.

"나도 너랑 다시 화해하고 싶다고. 근데 생각한 거랑 다르게 화만 내지잖아…! 나도 서러워.”

내가 우는 것 때문에 당황했는지, 예린이는 건물 뒤쪽으로 나를 데려갔다. 그리고 다시 나에게 물었다.

“너도 생각한 것이랑 다르게 화만 나와? 그게 나한테만 그렇고?”

“응…. 혹시 너도 그래, 예린아?”

예린이가 무언가 알고 있다는 말투로 나에게 물어봤다. 나는 울음을 뚝 그치고 다시 예린이에게 물어보았다. 그랬더니 예린이가 나에게 대답을 해주었다.

“내가 고민해봤는데, 그거 일기장 때문에 그런 것 같아.”

예린이에게 들은 내용은 충격적이었다. 이렇게 말이 헛나오는 것이 일기장 때문이라니. 믿기지 않았다.

“지금 너는 우리가 놀이공원에서 산 일기장 때문이라고 생각하는 거야?”

“일기장이 아니면 뭐 때문에 그럴 거야. 그 후에 이렇게 된 거잖아.”

예린이가 답답하다는 말투로 나에게 말했다. 하지만 나도 답답했다. 만약에 진짜 일기장 때문에 그런 것이라면 왜 유진이와 지현이는 그렇지 않은 건지, 왜 굳이 반대로 되는 건지.

“그러면 왜 유진이와 지현이는 우리처럼 말이 반대로 나오지 않는 건데?”

“그건…. 또 다른 이유가 있겠지.”

“그 또 다른 이유가 뭔데. 확실하지도 않고 있을 수 없는 일이잖아. 마법 세계도 아니고.”

“나도 모르겠어. 그냥 일기장이라고 추측할 뿐이야.”

때마침 그때 종이 울렸다. 우리의 이야기는 흐지부지되었고, 반에 들어가게 되었다. 유진이와 지현이는 예린이에게 다가가서 귓속말을 했고, 예린이는 그 얘기를 듣고는 끄덕거렸다. 내 이야기일 것 같아서 다른 쪽으로 고개를 돌려버렸다.

멍하니 있다가 누군가가 나를 툭툭 치는 것 같아서 뒤돌아봤는데, 유진이와 지현이가 나를 바라보고 있었다. 많이 놀랐지만 침착한 척을 하며 왜 나를 불렀는지 물어보았다.

"왜 불렀어, 얘들아?"

"은아야, 점심시간에 얘기 좀 할 수 있을까?"

"응? 점심시간에? 할 얘기 있어?"

"응, 물어보고 싶은 게 있어서."

"알겠어. 점심시간에 내 자리로 와."

유진이와 지현이는 나한테 물어보고 싶은 것이 있다고 했다. 어떤 이야기인지는 정확히 모르지만, 아마 오늘 내가 말실수를 한 것 때문에 기분이 나빴다고 말하려고 하는 것 같았다. 정말 미안하다고, 내 입이 내 마음대로 안 된다고 말해야겠다고 다짐했다. 또다시 친구랑 싸워서 사이가 틀어지기는 싫었다. 이런 마음을 표현할 사람이 없어서 일기장을 꺼내 나의 마음을 표현했다. 펜을 들었을 때, 일기장 때문이라는 예린이의 말이 생각나서 잠깐 멈칫했지만, 일기장 때문은 아니리라 생각하고 그냥 썼다.

2021년 00월 00일

유진이와 지현이에게 말실수를 해버렸다. 다시 친해지고 싶었던 예린이한테까지도 말이다. 나는 분명 맞장구를 쳐주려고 했지만, 내 입에서는 내 생각과 전혀 다른 말이 튀어나왔다. 체육 시간에도 마찬가지였다. 예린이에게 괜찮다고, 잘했다고 위로해주려고 했는데 위로는커녕, 도리어 왜 아웃 되었냐고 화만 내버렸다.

예린이는 이렇게 마음과 말이 다르게 나오는 게 이 일기장 때문이라고 했다. 하지만 나는 믿을 수 없었다. 나중에 점심시간에 유진이와 지현이에게 사과를 할 건데, 그때는 꼭 내 마음처럼 말실수하지 않고 사과를 해서 다시 친해지고 싶다. 물론 예린이와도.

일기를 다 쓰니까 곧바로 다음 시간을 알리는 종이 울렸다. 도덕 시간이었다. 하필이면 지금 도덕 선생님은 모둠활동을 하자고 하셨다. 선생님이 만들어준 모둠 친구 중에는 하필이면 예린이도 포함되어 있었다. 서먹서먹한데 모둠활동을 하라니. 하지만 나머지 친구들에게 피해가 가지 않게 해야 해서 그냥 꾹 참고 모둠활동을 했다.

이번에도 예린이에게 조금씩 짜증을 내버렸다. 예린이의 의견이 좋지 않았는데 다른 친구들은 좋게 얘기했지만 나는 짜증을 냈다. 다행히도 옆 친구가 다른 의견을 제시해주어서 그 일은 넘어갔다. 정말 내가 왜 이러는지 모르겠다.

점심시간이 되었다. 밥을 빠르게 먹고 후다닥 내 자리에 앉아 있었다. 혹시나 유진이나 지현이가 나보다 빠르게 와서 나를 기다릴까 봐 그랬다. 유진이와 지현이는 내가 도착한 뒤 3분 후에 같이 왔다.

"무슨 할 말인데, 얘들아?"

"은아야, 이런 말 하는 거 싫어할 수도 있겠지만, 일단 할게."

"응, 괜찮아! 해도 돼."

"예전에 예린이랑 알던 사이라고 했잖아. 혹시 예린이랑 어떤 일이 있었는지 알 수 있을까?"

"어, 그게…."

"싸웠다는 건 예린이한테 들어서 알고 있어. 말도 없이 네 얘기해서 미안해. 근데 혹시 왜 싸웠는지 들어보고 우리가 도움을 줄 수 있는 게 있을까 해서."

유진이와 지현이는 나에게 자초지종을 말하며 우리가 왜 싸웠는지를 알려주라고 했다. 우리가 싸운 이유…. 예린이가 잘못한 일이라, 자칫하다가는 지현이와 유진이가 예린이를 오해하고 멀어질 수도 있겠다 싶었다. 하지만 언젠가는 말하게 될 거, 지금 시원하게 말해야겠다고 생각하고 이야기를 꺼냈다. 이번에는 절대로 말실수를 하지 않기 위해 생각하고 말을 내뱉었다.

'얘기해줄게, 있는 그대로.'

"나랑 예린이가 싸운 이유를 왜 너희가 알려고 해."

이게 무슨 일이냐고. 또 생각과 다르게 말을 내뱉어버렸다. 유진이와 지현이는 조금 당황한 듯싶더니 웃음을 띠고 나에게 말했다.

"이런 말 불편한 거 알아. 근데 우리 진심으로 너희 도와주고 싶어. 아니면 다음에 얘기해줘도 돼."

"맞아. 네가 불편하다면 그냥 우리가 말 안 할게."

지현이의 말에 유진이가 이어서 말했다. 하지만 그 뒤로 내가 한 말이 더 가관이었다.

"불편하니까 앞으로 이런 말 하지 마. 예린이한테도 물어보지도 말고. 당사자도 아닌데 신경 쓰지 마, 너네는."

좀 부드럽게 말할 수는 없었을까. 미안하기도 하고, 나에게도 화가 나서 그냥 반에서 뛰쳐나와 버렸다. 사과라도 해야 하는데, '미안해.' 단 세 글자도 내 마음대로 하지 못하니 너무 답답했다. 진짜 예린이 말대로 이게 다 일기장 내용 때문인 걸까? 나는 바로 그 생각을 거두었다.

'마법 세계도 아니고 꿈도 아닌데 일기장 때문이겠어?'

하지만 자꾸만 일기장에 눈이 갔다. 나는 구석에서 다시 일기를 쓰기 시작했다. 이번엔 다른 내용으로.

2021년 00월 00일

오늘 체육 시간에는 피구를 했다. 짐볼 피구였다. 친구들과 팀을 짜서 경기했는데, 우리 팀이 이겼다. 예린이가 중요한 순간에 공에 맞아서 한 번 역전당하는 아까운 일도 있었지만 내가 마지막까지 살아남아서 우리 팀이 이길 수 있었던 것 같다. 사실, 예린이가 공에 맞았을 때 조금 화를 냈었다. 끝나고 다시 만나서 이야기를 했는데, 예린이는 화만 내지는 게 이 일기장 때문이라고 했다. 하지만 난 믿을 수 없었다. 이 귀여운 일기장이, 더군다나 나랑 예린이한테만 그렇게 될 수 있다는 것은 말이 되지 않았다. 그냥 우연의 일치인 것 같다. 남은 오늘도 잘 보냈으면 좋겠다.

나는 이렇게 일기를 쓰고 나면 또다시 화를 낼 상황이 올 것 같았다. 그래서 짧게나마 일기를 써보았다.

"설마, 진짜로 이 일기장 때문이겠어…?"

일기장을 들고 다시 반으로 돌아가는 나의 발걸음은 예린이와 싸웠을 때보다 더 무거운 것 같았다. 학교를 마치고 다시 집으로 돌아왔다. 하필이면 언니도, 엄마도, 아빠도 없이 시원한 공기만이 나를 맞이했다. 안 그래도 복잡한 마음이 더 복잡해지는 순간이었다. 그때 띠링- 하는 소리와 함께 핸드폰에서 진동이 울렸다.

〔떡볶이 사서 집 가는 중. 뭐 더 필요한 건 없어?〕

〔언니가 웬일로? 엄마는? 집에 없던데.〕

언니였다. 언니는 떡볶이를 사서 집에 온다고 했다.

〔엄마는 잠깐 할머니 집에 들렀다가 온대. 어쨌든 뭐 사 갈까?〕
〔언니 돈으로 살 거야?〕
〔그럼 네 돈으로 사겠냐? 이 바보야.〕

이게 웬 횡재야. 언니는 자신의 돈으로 뭐든 사주겠다고 했고 나는 지금 가장 먹고 싶은 아이스크림과 빵을 말했다.

〔그럼 나는 민트초코 아이스크림이랑 크림빵.〕
〔또 민트야? 민트 맛없던데.〕
〔아, 그건 언니고 나 혼자 다 먹을 거니까 일단 사와.〕

언니에게 말을 전달하고 소파에 누워서 핸드폰을 봤다. 재미있는 영상을 보니 내 기분도 조금씩 나아지는 것 같았다. 그때 또다시 핸드폰에서 진동이 울렸다. 언니인 줄 알고 짜증을 내며 보는 순간 깜짝 놀랐다. 언니가 아니라 예린이의 문자였기 때문이다.

〔은아야, 혹시 너 유진이랑 지현이랑 싸웠어?〕
〔그건 왜 물어보는데?〕
〔오늘 한동안 말을 안 하는 것 같아서. 혹시 나 때문이야?〕
〔아니, 우리 일 때문이야.〕

문자를 하다 보니까 이러다 또 말이 잘못 나올 것 같아서 바쁘다는 핑계로 다음에 다시 말하자며 대화를 끝냈다.

〔나 지금 바빠서. 다음에 얘기하자.〕

〔아, 응! 바쁜데 문자해서 미안해.〕

미안할 필요는 없는데. 괜히 나의 딱딱한 말투 때문에 예린이가 불편했을까 봐 불안했다. 지금이라도 딱딱하게 굴어서 미안하다고 해야 하나. 그때 때마침 언니가 비밀번호를 누르고 들어왔다.

"설은아, 떡볶이 좀 들어봐. 아이스크림 녹겠다. 냉동실에 넣자."

"다른 것도 사 왔네? 엄마가 사 오래?"

"응, 집에 반찬 없다고 간 김에 사래."

나와 언니는 상을 피고 떡볶이와 아이스크림, 그리고 빵을 세팅했다. 먹음직스럽게 보였다. 언니랑 나는 핸드폰을 꺼내 예쁘게 사진을 찍었다. 계속 보고 있으니까 배가 고팠다. 떡볶이를 먼저 먹었는데, 너무 맛있었다. 나의 단골 떡볶이집의 떡볶이였다.

"언니 역시, 우리 맨날 가던 곳 갔지?"

"그럼 다른 데 가겠냐? 여기가 제일 맛있는데."

"그렇지, 여기가 제일 맛있지. 언니 아이스크림도 먹어 봐."

"이거 맛없다니까. 차라리 치약을 먹지 그걸 왜 먹냐."

언니는 민트 초코를 치약에 비유했다. 저 말 내가 제일 싫어하는 말인데. 순간 화가 났지만, 나 혼자 다 먹어야겠다는 생각으로 아이스크림을 한 입 먹었다.

"진짜 너무 맛있어."

"내가 오늘 사줬으니까 다음에는 네가 사주기다."

"언니, 지금 15살한테 돈을 바라는 거야?"

"아니, 갚아야지! 내가 엄청 많이 사줬잖아."

언니랑 투닥투닥 하다 보니까 엄청 기분이 나아졌다. 아까까지만 해도 조금 복잡했는데 그런 것들이 싹 없어졌다. 혹시나 해서 언니에게 이럴 때는 어떻게 해야 하는지 물어보았다.

"근데 언니. 언니는 언니 친구랑 싸웠을 때 어떻게 해결했어?"

"갑자기? 한예린인가 걔 때문에 그래?"

"뭐, 그런 것도 있고…. 그냥 좀 알려줘."

"둘이 만나서 얘기했지. 언성이 높아지더라도 만나서 얘기하는 게 낫더라. 화해도 잘 되고."

"그럼 진짜 비웃지 말고 들어줘."

"네 일을 내가 비웃겠냐. 일단 말해봐."

"우리가 놀이공원에서 귀여운 다이어리를 샀단 말이야. 근데 그 후로 자꾸 생각과 반대로 말이 나와."

"그래서, 또 싸웠어?"

언니는 어쩜 그렇게 나를 잘 아는지, 바로 내가 싸운 것을 알아챘

다. 하지만 내 얘기의 포인트는 그게 아니었다.

"근데 그게 예린이 말로는 산 다이어리··· 때문이라는데, 언니는 어떻게 생각해?"

"야, 설은아. 그게 말이 된다고 생각해?"

"아니, 예린이가 그렇다고 하니까 그런 것 같기도 하고 그래서."

"절대 아니야. 설마 일기장이 그러겠어? 여기가 무슨 호그와트야? 아니잖아."

"누가 해리포터 팬 아니랄까 봐. 알겠어."

언니도 그거는 말이 안 되는 일이라고 말했다. 내가 생각해도 그렇다. 어떻게 일기장 때문에 말이 헛나올 수가 있지? 내가 너무 긴장해서 그런 것 같다. 신경 쓰지 말고 평소대로 행동해야겠다.

자기 전, 하루의 일을 끝마치며 일기를 쓰기 위해 책상에 앉았다. 문득 일기장 때문에 그럴 수도 있겠다는 생각과, 오늘 일기를 두 번이나 썼다는 생각이 들었다. 하지만 그래도 짧게 써야겠다고 생각했다.

2021년 00월 00일

이미 오늘 일기를 두 편이나 썼지만, 오늘의 일을 요약하기 위해 일기를 쓰게 되었다.

어제 일기를 쓰고 난 뒤, 오늘 친구들에게 여러 번의 말실수를 해버렸다. 애꿎은 유진이와 지현이한테까지도. 예린이는 이게 다 일기장 때문이라고 말했다. 하지만 언니 말처럼 호그와트도 아니고 이렇게 마법이 일어나지는 않을 것 같았다.

이건 온전히 내 마음의 문제라고 생각한다. 내일부터는 마음을 편하게 가지고 생활해야겠다. 정말… 일기장 때문에 내 마음과 반대로 말이 나오고, 상황이 흘러가는 걸까?

다음 날 아침, 상쾌한 햇살과 함께 등교했다. 반에 가보니 유진이와 지현이, 예린이까지 모여서 이야기를 나누고 있었다. 나도 저기에 끼고 싶었지만, 혹시라도 또다시 내가 말을 잘못 한다면 사이가 더 틀어질 것이 뻔하기 때문에 그냥 자리에 앉아서 책을 보았다. 잠시 후 예린이가 나에게 다가왔다.

“은아야, 잠깐 얘기 좀 할 수 있을까?”

“뭐, 그러자.”

“혹시 내가 우리 둘 일, 유진이랑 지현이한테 말해서 화났어?”

“그냥 조금 불편했던 것뿐이야. 신경 쓰지 마.”

빨리 대화를 끝내려고 나는 예린이에게 짧게 대답했다. 하지만 예린이는 나에게 다시 물었다.

"그럼 내가 어제 일기장 때문에 이런 것 같다고 그랬잖아. 그거는 어떻게 생각해?"

"계속 생각해봐도 그건 아닌 것 같아. 여기가 무슨 마법 속 세계도 아니고, 그럴 리가 없잖아. 현실성이 떨어져도 너무 떨어져."

예린이는 나에게 일기장에 대한 것을 물었고, 나는 내가 생각하는 것을 있는 그대로 말했다. 예린이는 고개를 끄덕거렸다. 그리고 다른 것을 하려고 하는 나를 붙잡으며 말했다.

"은아야, 그럼…."

"저기, 예린아."

"응? 왜, 은아야?"

나는 예린이의 말을 끊고 내 진심을 얘기했다.

"나, 너랑 대화할 때마다 자꾸 떨려."

"어…?"

"너랑 말할 때마다 자꾸 이상한 말이 튀어나와. 너도 꾹 참고 있을 거고. 그러니까 우리 당분간은 말 안 하면 안 될까?"

"…은아야, 네가 말했듯이 나도 내 마음대로 안 되는 거 계속 참고 있잖아. 넌 왜 노력을 안 해?"

"뭐?"

예린이는 자기는 노력하고 있지만 나는 노력을 안 한다고 생각하고 나에게 그렇게 말했다. 너무 억울했다. 나도 나름대로 노력하고 있는 건데.

"네가 나야? 내 마음도 모르면서 왜 그렇게 말해?"

"내 눈에는 그렇게 보여. 나는 너랑 다시 화해하고 싶은데, 너는 그렇지 않아 보인다고."

"나도 그러고 싶어! 너랑 화해하고 싶다고. 근데 왜 너 마음대로 생각하고 말해? 우리 싸운 것도 솔직히 너 때문이었잖아! 네가 나한테 장난만 안 쳤어도 우리 이렇게 싸우지는 않았을 거잖아."

예린이가 계속 그렇게 말하니까 나도 순간 화가 나서 예린이에게 소리 지르듯 말을 해버렸다. 다행히도 주변이 시끄러워서 우리에게 시선이 쏠리지는 않았다. 나의 말을 들은 예린이도 나에게 말했다.

"내가 잘못한 건 맞아. 근데 내가 사과했잖아. 그때라도 네가 받아줬으면 우리 사이가 이렇게 틀어지지는 않았을 거야. 둘 다 잘못이 있는데 왜 나만 잘못한 것 같이 굴어?"

서로 답답하고 억울한 마음이 터져 나왔던 것 같다. 결국, 옆에 있던 유진이와 지현이가 우리를 말렸다.

"얘들아, 왜 그래. 언성 높이지 말고 조용히 얘기하자."

"그래, 은아도 좀 진정하고."

이 상황에서도 나만 이상한 사람이 되는 것 같아서, 결국 내 눈에는 눈물이 맺혔다. 지현이는 내 눈을 봤는지 나를 토닥여 주었다.

"은아야, 괜찮아. 그럴 수 있어."

지현이의 말에 나는 조금씩 진정할 수 있었다. 친구들에게 나의 안 좋은 모습을 보여준 것 같아서 너무 부끄러웠다. 이 상황을 보고 예린이 편만 들거나, 반대로 내 편만 들어서, 혹시나 더 싸우게 될까 봐 불안했다.

"이제 괜찮아. 다 자리로 가. 수업 시간 다 됐어."

나는 예린이와 유진이, 지현이를 각자 자리에 보내고 한숨을 쉬었다. 머릿속이 복잡해져서 그런가, 머리가 아파져 오기 시작했다. 때마침 선생님이 들어오셨다.

"오늘은 교과서 수업하자. 교과서 87페이지…."

"선생님, 저 머리가 많이 아파서 보건실 가도 될까요?"

수업하면 머리가 더 아플 것 같아서 선생님에게 보건실에 가도 되겠냐고 여쭤보았다.

"많이 아프면 잠깐 누워있다가 와. 보건실 입실증 써줄게."

"네, 감사합니다."

나는 보건실에 도착해서 보건 선생님께 보건증을 드리고 보건실 안쪽 침대에 누웠다. 생각보다 머리가 정말 아팠다. 한참을 뒤척이다가 잠깐 눈을 감았고, 그대로 잠이 들어 버렸다.

몇 분이 지났을까. 누군가가 나를 깨우는 소리가 들려서 눈을 떴다. 보건 선생님이었다.

"은아야, 아직 아프니? 너무 곤히 자기에 그냥 뒀는데, 지금 쉬는 시간이야. 2교시에는 수업 들을래?"

"자고 나니까 괜찮아진 것 같아요. 신경 써주셔서 감사합니다."

"그래, 이제 아프지 말고. 두통약 하나 줄 테니까 다시 아프면 이거 먹어."

"네, 선생님"

나는 보건실을 나와서 다시 반으로 올라갔다. 반에 가보니 옆 자리 친구들이 나에게 말을 걸어왔다.

"은아야, 너 괜찮아?"

"그래, 한 교시 동안 안 와서 많이 아픈가 걱정했었어."

"아, 보건실 가서 자서 좀 괜찮아진 것 같아. 걱정해줘서 고마워."

친구들은 나를 걱정해주었고, 그것 덕분에 다시 활기찬 모습으로 돌아올 수 있었다. 하지만 아직 해결하지 못한 것이 있었다. 바로 예린이와의 관계였다. 둘 다 화만 내고 나온 상태라서 빨리 서로 화해하는 것이 좋을 것 같았다. 하지만 어떻게 해야 할지 정확하게 가늠이 되지 않았다.

'어떻게 하지…. 예린이한테 가 봐야 하나?'

나는 결국 먼저 예린이에게 가기로 결심했다. 그리고 예린이에게 꼭 화내지 않기로 나 스스로 약속했다.

"예린아, 우리 잠깐 얘기 좀 할 수 있을까?"

"은아야, 네가 한 말 생각해봤는데 조금만 우리 각자 생각해보고 얘기하자. 우리가 어떤 걸 잘못했고, 어떤 게 가장 필요한지. 그러면 더 쉽게 서로를 이해할 수 있을 것 같아."

예린이의 말에 나는 할 말을 잃을 수밖에 없었다.

"그래, 네가 그렇다면 그렇게 하자. 생각해보고 다시 얘기하자, 예린아. 나라면 화났을 텐데 이렇게 말해줘서 고마워."

그렇게 우린 대화를 끝냈다. 어떻게 보면 예린이 말대로 하는 게 우리에겐 더 좋을 것 같았다.

Chapter 4

일기장에 담긴 진심

은아와 나는 그 일이 있고 화해하지도 싸우지도 않고 그냥 어색한 사이가 되어버렸다.

'오늘은 꼭 은아하고 화해하고 싶어. 실패하면 안 되는데.'

나는 몇 시인지 확인해보려고 시계를 봤더니 빨리 안 가면 지각할 것 같은 시간이었다.

'아! 생각하다가 벌써 시간이…. 빨리 학교 가야겠다.'

"엄마 학교 다녀오겠습니다."

"그래, 학교 잘 갔다 와."

집 밖으로 나와서 빠르게 학교로 뛰어갔다. 그리고 학교에 도착한 다음에 반으로 들어갔다.

"우와 나 조금만 더 늦었어도 지각할 뻔."
"그러게, 너 큰일 날 뻔했어."
'그런데 은아가 아직 안 왔네? 무슨 일 있나?'

그때 은아가 갑자기 뒷문으로 들어왔다.
"선생님 늦어서 죄송합니다."
"그래 무슨 일 있는 거 아니지?"
"아니요, 없어요."
"그래. 그럼 이제 자리로 가서 앉아."

은아는 선생님과 이야기를 마치고 자리로 가서 앉았다.

"얘들아, 이제 곧 있으면 1교시 수업하니까 수업할 준비하고 있으렴. 선생님은 이제 갈게."
"네, 선생님."

선생님은 앞문으로 나가시고 반 아이들은 1교시 수업 준비를 하고 있자 얼마 안 있어서 수업 시작을 알리는 종이 울렸다.

"얘들아 안녕. 오늘은 짝 활동을 해보는 거예요. 선생님이 종이 반씩 나누어 줄 거예요. 그 종이를 짝과 의논하여 색칠해 보세요."

"아니 선생님 이거는 초등학생이나 하는 거잖아요, 그러니까 이런 거 말고 다른 거 해요."

"아니 이걸로 할 거야. 이게 뭐 어때서? 초등학생이 하는 거랑 중학생이 하는 거랑 무슨 상관이야? 그냥 재미있게 수업하면 되지. 안 그래?"

이렇게 말하자 반 아이들이 조용해지고 그냥 선생님이 말한 짝 활동을 하자는 느낌이였다. 하지만 나와 은아는 그렇지 않았다. 그 이유는 나와 은아가 짝이었기 때문이다.

'어떡해. 우리는 아직 어색한 사이인데…. 일단은 내가 은아한테 살짝 물어보자. 그럼 은아랑 짝 활동을 제대로 할 수 있을 테니까.'

"저기, 은아야. 우리 색깔은 하늘색, 빨간색, 주황색, 노란색으로 하자."

"그래."

그렇게 시간은 흐르고 43분 뒤 색칠을 다하고 다른 애들처럼 한 개로 붙였다.

'어?! 그런데 은아는 예전보다 실력이 더 는 것 같아. 나는 그대로인 것 같지만.'이라고 생각하고 있을 때 종이 울렸다.

'음…. 은아한테 지금 화해하자고 할까? 아니면 내일 할까? 아니면 점심시간에 할까? 너무 고민된다. 아, 그리고 화해할 때 어떤 말을 해야 하지? 너무 머릿속이 복잡해. 일단 지금은 안 돼, 기회가 올 때 그때 하는 거야. 그렇지만 기회가 언제 올까? 어떻게 해야 좋을까?'

미술 선생님이 앞문으로 나가자 쉬는 시간을 기다렸던 아이들이 시끄럽게 떠들기 시작했다.

놀고 싶은 걸 참고 2교시 할 준비를 하고 난 뒤에 은아랑 어떻게 친해지면 좋을지 생각했다.

그런데 갑자기 유진이와 지현이가 나한테 왔다.

"예린아, 왜 우리한테 안 왔어? 우리 같이 놀기로 했잖아."

"그게 사실 내가 뭐 좀 고민이 있어서 그거 생각하느라 까먹었어. 미안해."

"아냐, 괜찮아"

우리가 이야기하고 있었는데 갑자기 옆에 있던 은아가 너무 시끄러웠는지 자리에서 일어나서 반 밖으로 나갔다. 조금 놀라서 계속 은아가 간 곳을 보고 있었는데 종소리와 함께 국어선생님이 앞문으로 들어오셨다.

반 아이들은 다 자기 자리에 앉고 은아는 뒷문으로 다시 들어왔다. 그렇게 2교시가 시작되고 수업을 하던 도중에 샤프심이 없다는 걸 알았다.

하지만 은아에게 샤프심을 빌리기에는 아직 어색한 사이라서 뒤에 있는 애에게 샤프심을 빌리기로 했다. 작게 소리 내서 뒤에 있는 애에게 샤프심을 빌려 달라고 부탁했지만 뒤에 있는 애도 나처럼 샤프심이 없다고 했다. 그래서 결국 은아에게 빌려 달라고 말했다.

"저기 은아야 혹시 샤프심이 없어서 그러는데, 샤프심 좀 빌려 줄 수 있어?"

"알겠어, 여기."

"고마워."

결국에는 은아에게 샤프심을 빌리고 선생님이 중요하다고 말한 부분을 공책에 적었다. 그렇게 시간이 흘러서 쉬는시간 종이 울리고 선생님이 나가자마자 이번에도 바로 반이 시끌벅적해졌다. 거기에 아랑곳하지 않고 은아 생각을 하면서 3교시 준비를 했다.

그렇게 시끌벅적했던 반 아이들이 3교시 시작종이 울리려 하자 갑자기 자리에 앉기 시작했다.

3교시 종이 울리자 선생님이 들어 올까 봐 조용히 하고 있는데 앞문에서 선생님이 들어오시지 않았다.

그래서 자리에서 벗어나 친구들끼리 떠들고 놀았다.

몇 분 뒤, 갑자기 선생님이 들어오셨다.

"애들아, 선생님이 많이 늦었지? 선생님이 늦게 왔다고 떠들고 자리에서 벗어나면 안 돼. 다음부터 조심해."

"네, 선생님."

선생님과 반 아이들이 이야기를 마치고 시간이 얼마 안 남아서 선생님이 빠르게 수업을 시작했다.

수업이 끝나려고 하자 갑자기 은아가 손을 들고 말 했다.

"선생님 저번 시간에 내준 숙제 오늘 검사 한다고 들었는데 아니었나요?"

그렇게 은아가 말하자 다른 애들은 왜 얘기했냐는 분위기와 은아에게 안 좋은 눈빛도 보내는 것 같았다.

'아니 왜 이런 분위기인데? 그리고 왜 안 좋은 눈빛이야? 은아는 잘못한 거 하나도 없는데?'

라고 생각하고 있을 때 갑자기 선생님께서 말씀하셨다.

"아! 맞다. 선생님이 깜박했는데 은아야 정말 고마워. 너희들 은아는 정직하게 선생님한테 말해줬는데 왜 그런 눈으로 보고 그래? 은아에게는 상점 1점을 줄게."

그렇게 숙제를 걷어가자 종이 울렸다.

'하…. 할 것도 없고 잠도 오고 4교시 수업하기 전까지만 한숨 자야겠다.'라고 말하고 나서 나는 잠이 들었다.

몇 분 후, 희미하게 나를 깨우는 듯한 목소리가 들렸다.

"예린아 일어나."

하지만 일어나고 싶지 않아서 그냥 누워 있었는데 갑자기 나를 흔들면서 깨우기에 짜증나는 목소리로 말하면서 일어났다.

“아니, 뭐야 왜 깨워 잘 자고 있었는데….”

“이제 4교시 시작이라 운동장에 가야 할 것 같아서.”

‘뭐야, 은아였어?! 빨리 화해해야 하는데 짜증을 내다니…. 일단 사과하자.’

“미안해. 내가 일어나자마자 짜증 부려서.”

“아니야, 괜찮아.”

“이제 빨리 운동장으로 가자.”

그렇게 은아에게 사과하고 신주머니를 들고 운동장에 갔다.

선생님은 반 아이들에게 무엇을 할 건지 알려주고 있었다. 나와 은아는 늦어서 죄송하다면서 사과를 하고, 선생님은 다시 처음부터 설명해 주셨다. 그렇게 체육수업이 끝나고 점심시간이 찾아왔다. 쉬는 시간보다 더 반이 시끌벅적한 것 같았다. 그런데 갑자기 어떤 여자애가 찾아와서 나를 불렀다.

“혹시 여기에 한예린이라고 있어?”

“내가 한예린인데 무슨 일이야?”

“체육 선생님께서 체육실로 오라고 전해달라고 해서. 나는 전해줬으니까 이만 내 반으로 갈게.”

“응, 전해줘서 고마워.”

'하긴 수업시간에 낮잠을 잤는데 혼나지 않을 리가 없지. 일단 체육실로 가자.'

나는 어떤 여자애 말대로 체육실로 가기로 했다. 그래서 빠르게 가다 보니 체육실에 도착하고 말았다.

"체육 선생님, 저를 불렀다고 해서 왔는데요."
"어, 그래. 예린이 왔구나. 일단 안으로 들어와."
"네."
"예린아, 혹시 아까 왜 잤니?"

'역시 혼내려나 봐. 어떡하지?'

"쉬는 시간에만 자려고 했는데 너무 푹 자서 종소리를 못 들었나 봐요. 죄송해요."
"그래, 알았다. 이제 곧 있으면 밥 먹어야 하니까 반으로 돌아가라."
"네?! 선생님, 저 혼내는 거 아니었어요?"
"아니. 혼내려고는 안 했어. 하지만 다음에도 그러면 그때부터는 혼낼 거야."
"네, 선생님. 다음부터는 조심하겠습니다. 반으로 가보겠습니다."
"그래."

나는 체육 선생님과 이야기를 마치고 체육실을 나와 왔던 길을 빠르게 돌아갔다. 반에 도착하니 반 아이들이 급식실에 가려고 반 옆에 줄을 서고 있었다.

"어! 예린아 왔구나. 너 안 왔으면 우리끼리 갈 뻔 했잖아. 다행이다."

"그러게. 일단 빨리 가자 배고프다."

반 아이들과 함께 점심을 먹으러 급식실로 갔다.

'우와~ 드디어 밥 먹는다, 빨리 내 차례가 됐으면 좋겠다.'

몇 분 뒤 내 차례가 되었다.

"으~ 드디어 점심 밥 먹는다. 배고파 하필 이름이 ㅎ으로 시작해서…."

밥을 다 받고 자리에 앉고 나서 밥을 먹기 시작하려고 하자 갑자기 내 옆자리에 앉은 애가 나에게 말을 걸었다. 그 친구와 짧게 이야기를 한 뒤, 밥을 먹었다.

내가 좋아하는 제육볶음이 오늘따라 더 맛있게 느껴졌다. 다 먹고 반으로 올라가려다가 도서관이 보여서 멈춰 섰다.

'아! 반으로 가기 전에 도서관에 들를까? 어떡하지? 그래! 도서관에 가자 가서 재미있는 책 있으면 그거 빌리자.'

그렇게 책을 빌리기 위해 도서관으로 들어갔다. 그러자 사서 선생님이 인사를 했다.

"안녕."

"네, 안녕하세요."

사서 선생님과 인사를 마치고 나는 먼저 소설책이 있는 쪽으로 걸어갔다. 이리저리 둘러봐도 끌리는 책은 없었다. 소설책 쪽으로 발걸음을 옮겼다. 그때 『빛나는 별빛』이라는 책이 눈에 띄었다. 몇 페이지만 보니 로맨스 소설인 것 같았다. 로맨스 소설을 좋아해서 빌릴지, 빌리지 말지 고민이 되었다.

'이 책 괜찮을 것 같은데. 빌릴까? 음…. 빌리는 게 낫겠다.'

빌리겠다고 결심하고 책을 딱 잡는 순간, 내 옆에 있던 사람도 이 책을 잡았다.

"저기요. 이거 제가 먼저!"

그 사람을 보며 말하는 순간, 은아의 얼굴이 보였다.

'뭐야, 은아였어? 어떡하지…. 그래, 내가 먼저 물어보자.'

"은아야, 너도 이거 빌리고 싶어?"

"응, 하지만 네가 빌리고 싶으면 빌려도 돼."

"아, 아니야! 나도 괜찮아. 그러니까 네가 읽어."

나는 은아에게 양보해도 상관없다고 생각했다. 왜냐하면 은아가 보고 난 다음에 빌리는 방법도 있고, 다른 책을 빌려도 되니까. 하지만 내가 그렇게 말했는데도 은아는 나에게 다시 양보했다. 그래서 은아에게 다시 이유를 다르게 해서 말했다.

"나는 그냥 책 구경하다가 잡은 거였어. 그러니까 너 빌려도 돼."

"그래? 근데 네가 이 책을 잡을 때 '저기요. 이거 제가 먼저!'하고 했잖아."

"아, 내가 그랬었나? 어쨌든 네가 빌려도 괜찮아."

"그럼. 내가 빌릴게."

은아는 그 책을 가지고 사서 선생님 쪽으로 갔다. 나는 반대편으로 돌아 다른 볼만한 책이 있는지 확인해봤지만, 재미있어 보이는 책은 없었다. 그냥 반에 가려고 발을 떼는 순간, 『친구랑 친해지는 방법』이라는 책이 보였다. 얇은 책이었다. 이 책을 읽으며 다시 은아와 친해질 수 있을 것 같다는 생각이 들었다. 그래서 이 책을 들고 사서 선생님께 갔다.

"선생님, 저 이 책 빌리려고요."

"그래, 알았어. 잠시만 기다려 봐."

"네, 선생님."

"예린아, 궁금한 게 있는데 혹시 친구랑 싸웠어? 이 책 빌리는 걸 보니, 그런 것 같아서."

"네…. 조금 그렇게 됐어요."

"그렇구나. 내가 괜히 물었나?"

"아까는 좀 기분이 안 좋았는데, 지금은 괜찮아요. 저 가볼게요."

그 말을 끝으로 책을 들고 도서관에서 나왔다.

'근데 제목처럼 이 책이 다시 친해지는 데에 도움이 될까? 일기장도 정확하지는 않지만, 사서 일기를 쓰니 은아랑 더 안 좋은 일만 일어났잖아. 아, 모르겠다. 점심시간이 얼마 안 남았으니까 최대한 빨리 가야겠다.'

더 늦기 전에 반으로 향했다. 다행히 늦지는 않았다. 다음 시간인 수학 준비물을 책상 위에 놔두고, 도서관에서 빌린 책을 가방 안에 넣었다.

'수학은 머리 쓰는 과목이라서 싫은데…. 어쩔 수 없지, 수업은 해야 하는 거니까.'

이렇게 생각할 때쯤 수학 선생님이 들어오셨다.

"얘들아, 안녕. 오늘도 열심히 해 보자."

"네, 선생님."

왠지 불안한 느낌이 내 몸을 감쌌다.

"얘들아, 오늘 수업은 시험도 다 끝났으니까…."

'오늘 수업 안 하고 쉬거나 노는 걸까?'

"수업 안 하고 쉬려고 했는데 놀기만 하면 중3 때 힘들 수 있으니까 연습 겸 쪽지 시험을 칠 거야."

기대에 부풀어 있었던 우리 반은 갑자기 조용해졌다.

"시험지 나눠 주면 바로 풀지 말고 뒤집어 놓았다가, 선생님이 풀라고 하면 풀어. 알았지?"

은아와의 일 때문에 1학기 때처럼 공부하지 못해서 더 걱정되었다.

몇 분 후, 선생님이 나눠주신 시험지를 풀기 시작했다.

'이게 이렇게 푸는 게 맞나? 얼마나 남았지?'

조금 헷갈리는 것도 있었지만, 아는 문제가 많이 나와서 의외로 괜찮았다. 다 풀고 난 후 자려고 했지만, 4교시 때처럼 못 일어날까 봐 엎드려 있었다.

"시간 다 됐으니까 맨 뒷사람이 걷어와. 오늘 수고했고 한 번 더 쪽지 시험 볼 거니까, 준비해와."

"네, 선생님."

다음 시간에도 쪽지 시험을 친다니…. 집에서 공부를 조금이라도 해 와야겠다고 생각했다. 그때 유진이가 내 자리로 와서 말을 걸었다.

"예린아, 너 쪽지 시험 잘 봤어? 나는 중간에 모르는 거 말고는 다 괜찮던데."

"나도 두세 개 말고 나머지는 괜찮은 것 같기는 한데, 잘 모르겠어."

이렇게 나는 유진이와 쉬는 시간을 이용해서 수학 시간에 한 쪽지 시험에 관한 이야기를 했다. 얘기를 나누다 보니 벌써 6교시가 되었다. 마지막 시간이라는 것에 너무 기분이 좋았다. 6교시는 과학이었는데 선생님께서 5분 일찍 끝내 주셨다.

"오늘 수업은 좀 일찍 마칠 거니까 좀 쉬어. 대신 쉴 때 떠들면 안 돼. 옆 반은 아직 수업 중이니까."

쉬는 시간 5분을 이용해 유진이, 지현이와 놀았다. 은아와 다시 친해지는 방법을 찾아, 화해하는 것도 잊어버리고.

담임 선생님께서는 종례를 짧게 끝내주셨다. 지현이와 유진이에게 집에 같이 가자고 말했다. 하지만 지현이는 빨리 집에 가야 한다고 해서 먼저 갔고, 유진이는 갈 곳이 있어서 같이 못 간다고 했다.

"그럼, 나 혼자 가야 해?"

"미안해, 예린아. 오늘은 일이 있어서. 다음에는 꼭 같이 가자."

"알았어, 잘 가."

그렇게 나는 혼자 가게 되었다. 사람들이 붐비는 교문을 빠져나와 집으로 가고 있었는데, 앞에 은아가 보였다. 은아와 사과하려고 했다는 사실이 생각나, 잠깐 고민하다가 은아에게 용기 내서 말하기로 했다.

"은아야, 집에 가는 길이야?"

"어? 응. 너는 학원 안 가?"

"응, 오늘 학원 쉬는 날이거든."

우리는 짧은 대화를 한 뒤 다시 어색해졌다. 마음속으로 심호흡을 한 뒤, 한마디씩 내가 하고 싶은 말을 내뱉었다.

"은아야. 너한테 했던 행동들, 다 사과하고 싶어. 그때는 내가 생각이 짧았나 봐. 내 기분만 생각하고 행동했어. 정말 미안해…."

"예린아, 나 아직 준비가 안 됐어."

"응? 그게 무슨 말이야?"

"네가 그랬었잖아. 일기장 때문에 말이 헛나오는 것 같다고. 지금은 말실수가 없지만, 갑자기 말이 헛나와서 우리 사이가 다시 안 좋아지면 어떡해. 그래서 지금 좀 두려워."

"아…. 그렇구나…."

"그래서 말인데 둘 다 준비가 되고 말이 헛나오지 않을 준비가 됐을 때 얘기해보자."

"알았어. 준비되면 말해줘."

정말 용기 내서 먼저 사과를 한 건데, 은아가 갑자기 준비가 안 됐다고 하니까 허무했다. '나랑 화해하기가 싫은가?'라는 생각도 들었다. 내 사과를 받아주고 자기도 사과하면 끝나는 문제인데, 질질 끈다는 느낌도 들었다. 하지만 집에 오면서 계속 생각해봤더니, 은아의 마음도 조금씩 이해가 되었다. 나도 은아랑 대화할 때 말 때문에 더 일이 커질까 봐 두려웠으니까. 나아진 게 하나도 없는 이 상황이 너무 싫었다.

"엄마, 다녀왔습니다."

장을 보러 가신 건지, 엄마는 집에 안 계셨다. 오늘따라 아무도 없는 집이 더 썰렁하게 느껴졌다. 손을 씻고 바로 침대에 누웠다. 자꾸만 은아의 말이 귓가에 맴돌아서 멍해졌다. 일기장에라도 적으면 기분이 나아질까 생각하면서 일기장을 폈다. 일기장 때문에 더 싸운다던 나의 말이 생각나서 잠깐 흠칫했지만 아랑곳하지 않고 썼다.

2021년 00월 00일

오늘은 복잡한 일이 두 가지나 있었다. 은아와 같은 책을 잡아서 어색하게 양보했던 일도 있었고, 용기 내서 은아에게 사과했는데 준비가 되지 않았다는 은아의 말에 대화가 흐지부지된 일도 있었다.

하루빨리 은아와 대화를 통해 화해하고, 마음 편하게 같이 놀고 싶다. 올해 안에는 화해를 할 수 있을지 걱정이 된다.

내가 생각했던 대로 이 일기장 때문에 이렇게 다시 친해질 수 없는 것인가? 정말 궁금하다.

빨리 은아와 사과하고 싶다.

『친구와 친해지는 방법』이라는 책도 읽어봐야겠다.

일기로 내 마음을 표현하니까 기분이 조금 나아진 것 같았다. 낮잠을 잘까 하며 침대에 눕는 순간, 엄마가 들어오셨다.

"예린아, 엄마 왔다. 엄마가 조금 늦었지? 미안해."

"아니야, 괜찮아. 밥 바로 할 거야?"

"바로 해야지. 빨리 해줄 테니까 조금만 기다려."

그 이후로 나는 잠이 들었다. 몇 분이나 지났을까? 엄마가 깨우는 소리에 잠에서 깼다. 엄마랑 학교에서 있었던 일을 얘기하면서 밥을 먹었다. 오늘은 여러모로 피곤해서 공부도, 휴대폰도 하지 않고 그냥 잠자리에 들었다.

다음 날, 유진이, 지현이와 함께 만나서 학교에 갔다. 지현이도 내가 은아랑 화해하고 싶어 한다는 것을 눈치 챘는지 나에게 물었다.

"은아랑은 어떻게 됐어? 아직도 어색해?"

"응, 어제 사과했는데 은아는 아직 준비가 안 됐대."

유진이는 시무룩해진 나를 보며 말했다.

"괜찮아. 잘 될 거야. 너무 걱정하지 말고. 은아도 너랑 화해하고 싶을 거야."

유진이랑 지현이가 다독여주면서 이야기해줘서 조금 더 마음이 편해졌다.

교실에 들어가 보니, 은아가 있었다. 아, 맞다. 나 은아랑 짝이었지. 은아는 수학 문제집을 풀고 있었다. 방해가 되지 않게 조용히 '안녕.'이라고 말했다. 은아는 내 쪽을 보더니, 몸을 펴고 책을 덮었다. 그리고는 잠깐 나를 뚫어지게 쳐다봤다.

"혹시 내 얼굴에 뭐 묻었어?"

"아니, 안 묻었어."

"근데 왜 그렇게 날 뚫어지게 쳐다봐. 혹시 할 말 있어?"

은아는 잠깐 고민하는가 싶더니 내 자리 쪽으로 몸을 돌리면서 말했다.

"예린아. 네가 어제 사과했었잖아. 내가 많이 생각해봤거든."

"응, 그거에 대해서 할 말 있어?"

"서로의 마음을 확인하는 방법이 없을까? 대화로 말고 행동이나 다른 것으로."

"갑자기? 말로 안 하고 왜 다른 것으로 하는 거야?"

"네가 그렇다는 건 아니지만, 가식이 담겨 있을 수도 있고, 말도 중요하지만 진짜 자신의 마음도 중요한 거잖아. 그래서 우리의 진짜 마음을 알 방법이 없을까?"

은아의 말을 듣고 보니 그랬다. 서로의 마음을 확인하면서 더 이해할 수 있을 것 같았다.

"음…."

내가 생각에 잠겨있을 때쯤 은아가 말했다.

"우리 서로의 일기장을 읽어볼까? 서로에 대해 썼던 일기."

"일기? 그건 갑자기 왜?"

"일기 때문이라면 해결 방법도 그 일기장에 있지 않을까? 서로의 생각 차이도 이해하고, 대화하지 않고 쉽게 다가가는 방법이잖아."

"그러고 보니, 우리 생각대로라면 일기장에 화해할 수 있는 해답이 있겠다. 좋은 방법인 것 같아."

은아는 내 말을 듣고는 가방에서 일기장을 꺼냈다.

"자, 내 일기장. 너도 일기장 지금 있어?"

"응. 내 것도 여기."

"그럼 오늘까지 읽고 내일 돌려주자."

이번에는 제발 서로가 마음을 확인하고 제대로 된 화해를 할 수 있었으면 했다. 일기장에 작다면 작고 크다면 큰 희망을 걸었다.

일기장 생각만 해서 그런가, 평소에는 빠르게 갔던 시간이 오늘은 엄청 느리게 가는 것만 같았다. 지루한 수업도 아닌데 말이다. 그렇게 지루한 수업을 여섯 번이나 반복한 후에 집으로 향했다. 이번에는 은아가 먼저 말을 걸어주었다.

"예린아. 나랑 집에 같이 갈래?"

"나 유진이, 지현이랑 같이 가기로 했는데…. 다 같이 가도 돼?"

"당연하지. 난 괜찮아."

그렇게 나랑 은아, 유진이, 지현이까지 다 함께 집에 가게 되었다.

"이렇게 넷이 걷는 거, 오랜만인 것 같아."

유진이가 말했다. 갑자기 놀이공원에 갔을 때가 생각났다. 은아가 나를 많이 챙겨줬었는데. 그때의 기억이 새록새록 떠올랐다. 그러고 보니 은아가 내 마니또인 것 같았다. 싸웠는데도 조금씩 말 걸어주고, 놀이공원에서도 나를 신경 써 주었기 때문이다.

별다른 대화 없이 걷다 보니 어느새 집 앞에 오게 되었다.

"잘 가, 얘들아. 내일 봐."

"응, 너도."

집에 들어오자마자 가방에서 은아가 준 일기장부터 꺼냈다. 생각보다 은아가 일기를 많이 쓴 것 같았다. 그때, 은아에게서 문자가 왔다.

〔예린아, 뭐해?〕

〔니가 쓴 일기장 읽으려고. 너는 뭐해?〕

〔나도 너꺼 읽어보려고. 근데 조금 부끄럽다.〕

〔왜?〕

〔내 생각을 담은 것을 누구한테 보여준다는 게. 그래도 우리가 서로를 이해하려면 읽어봐야겠지?〕

〔그렇지, 그럼 읽고 내일 봐.〕

은아와 조금 어색할까 봐 걱정했는데, 다행히 그렇지는 않았다. 나는 은아의 일기장 첫 번째 장을 폈다. 은아는 우리가 이 일기장을 사기 전에 썼던 일기도, 여기에 옮겨 쓴 것 같았다.

내가 생각했던 대로 은아의 마니또는 나였다. 은아도 나의 마니또가 된 게 싫었던 것 같다. 싸운 친구고 더군다나 내가 은아에게 잘못한 일이니까. 그래도 나를 위해서 선물을 고민해줘서 고마웠다. 은아에게 떨어지는 청소 도구를 잡아줬던 일에 대해서도 쓰여있었다. 나는 그냥 다칠 것 같아서 잡아줬는데, 은아가 그 일을 계기로 나랑 다시 친해지고 싶다는 생각을 한 것 같았다. 머쓱하면서도 다행이라는 생각이 들었다. 은아와 함께 청소할 때 많이 어색해서 불편하기는 했었다. 하지만 그때 내가 청소 도구들을 잡아주지 않았다면 이렇게 친해질 기회도 별로 없었을 것 같다.

시험에 관한 이야기도 있었고, 은아의 친구인 유리를 만난 내용도 있었다. 유리에게 우리의 이야기를 털어놓았다는 게 찝찝했지만, 은아 입장에서 생각해보면 고민을 털어놓으면서 마음이 편해졌을 수도 있을 것 같다는 생각이 들었다. 내가 인사를 안 받아줬다는 내용의 일기도 나왔다. 지금 생각해보면 내가 왜 그랬을까, 후회도 되었다. 은아는 나랑 다시 친해지고 싶어서 그랬는데, 내가 무시하고 상처를 주는 말을 했으니 말이다. 그 부분에 대해서는 은아에게 사과해야겠다.

놀이공원에 갔을 때부터, 마음대로 말이 나오지 않았던 일까지 은아의 마음이 상세하게 적혀져 있었다. 하나하나 은아의 입장에서 생각하며 읽어보았더니 은아의 마음을 너무 잘 알 수 있었다.

미안함과 고마움을 어떻게 표현할까 하다가 은아의 일기장 끄트머리에 은아에게 편지를 적기로 마음먹었다.

To. 내 친구 은아

은아야, 안녕? 나 예린이야. 너의 일기를 보고 할 말이 있어서 이렇게 작은 편지를 써. 우리가 작년에 나의 장난으로 인해 싸우게 되어서, 지금까지 어색하고 불편하게 지내고 있는 것 같아. 나의 철없는 행동으로 인해 네가 상처를 받았을 텐데, 정말 미안해. 2학년 올라와서 너한테 쌀쌀맞게 군 것도. 네 일기를 보니까 너도 나랑 친해지고 싶다는 생각을 많이 한 것 같더라고. 그렇게 생각해줘서 고마워. 이번 일로 인해 너와의 사이가 더 돈독해졌으면 좋겠어.

내 친구, 은아야! 고마워!

FROM. 너의 친구 예린

이렇게 적고 나니 마음에 있던 응어리가 풀어지는 느낌이 들었다. 내일은 은아를 웃는 모습으로 볼 수 있을 것 같았다.

다음 날, 나는 가벼운 발걸음으로 학교에 갔다. 은아는 여느 때와 다름없이 1교시를 준비하고 있었다. 은아에게 다가가 어깨를 톡톡 두드렸다.

"은아야, 안녕!"

"어? 왔네, 예린아!"

우리는 싸우기 전처럼 스스럼없이 얼굴을 마주 보며 얘기했다. 은아는 가방 안에서 내 일기장을 꺼냈다. 일기장을 잠깐 까먹고 있었던 나도 일기장을 꺼냈다.

"은아야, 여기."

"어땠어? 내 일기장 읽어보니까."

"나랑 비슷하게 생각한 부분도 많았고 고마운 부분도, 미안했던 부분도 있었어. 네 입장에서 읽어보니까 더 이해가 잘 되더라."

"나도 그랬어. 이 방법이 우리에게는 최적의 화해 방법인 것 같아."

은아는 그 말을 하고 되돌려 받은 자신의 일기장을 한 번 훑어보았다. 내가 쓴 편지를 보게 될 수도 있겠다 싶어서 황급히 내 일기장으로 눈을 돌렸다. 내 일기장에는 큰 포스트잇이 붙어 있었다.

'뭐지? 내가 붙여 놓았었나?'

가까이서 보니 은아가 붙인 포스트잇이었다. 포스트잇 안의 내용을 자세히 보다 보니 슬며시 웃음이 새어 나왔다. 은아를 봤더니 은아도 웃고 있었다. 내 편지를 본 걸까? 이 계기로 인해 서로가 더 가까워진 것 같다.

이 일기장은 이제 단순한 화해 수단이 아닌 나와 은아의 연결 고리 같은 존재가 되었다.

에필로그

예린이도 나와 같은 마음이었을까? 집에 가고 있었는데 예린이가 나에게 먼저 다가와 사과해주었다. 하지만 나는 그때 준비가 되어 있지 않았고, 말이 헛나올 수도 있을 거라는 생각에 다음에 다시 얘기해보자고 했다. 그 상황에서는 그 선택이 나한테도 좋을 거라고 생각했지만, 집에 와서 다시 생각해보니 너무 이기적이었다는 생각이 들었다. 예린이의 입장에서는 회피하는 것으로만 느낄 수도 있을 것 같았다. 그래서 언니한테까지 물어보면서 이 상황을 어떻게 헤쳐나가야 할지 생각했다.

"언니, 그냥 사과를 받아줄 걸 그랬나? 언니가 예린이라면 어떤 느낌이 들것 같아?"

"너 말대로 '쟤는 나랑 사과하기 싫은가?'라는 생각도 들 수도 있지만, 반대로 기다려줄 수도 있을 것 같은데?"

"진짜? 그러면 내가 내일 먼저 말 걸어볼까?"

"네가 준비됐을 때 그렇게 해."

내가 준비됐을 때 먼저 말을 걸어보라는 언니의 말에, 생각하고 또 생각했다. 어떻게 말을 걸고, 어떤 방법을 제시하고, 예린이의 반응은 어떨지. 그렇게 생각해낸 게 바로 서로의 일기장을 보는 것이었다. 서로의 일기장을 보면서 상대방이 어떻게 느꼈는지 이해하면, 좀 더 화해가 쉬울 것 같았다. 예린이에게 물어봤더니 흔쾌히 그러자고 했다.

막상 예린이의 일기장을 받으니 엄청 떨렸다. '일기장에 나에 대한 험담이 쓰여 있으면 어떡하지? ', '예린이는 사실 나랑 안 친해지고 싶은 거 아닐까?' 같은 생각들을 많이 했다. 하지만 이 일기장을 봐야지 좀 더 쉽게 화해할 수 있을 것 같아서, 하나씩 보기 시작했다.

나는 놀이공원에서 산 일기장에 예전의 일기를 다 옮겨 적었다.

하지만 예린이는 일기를 안 쓰다가 쓴 건지, 아니면 옮겨쓰지 않았는지 몇 장 되지 않았다.

맨 첫 번째 장은 놀이공원에서 있었던 일에 관한 내용이었다. 나에게 나랑 같이 있는 게 전혀 불편하지 않다고 말을 했던 것도 쓰여 있었다. 그리고 나랑 놀이기구를 같이 타면서 내가 마니또일 것 같다고 짐작하는 글도 있었다. 그때부터 들켰다는 것에 마음이 쿵 하고 내려앉았다. 나랑 다시 친해지고 싶다는 말도 많이 나왔다. 그 외에도 나에게 자꾸 말이 헛나가려고 했지만 참았던 것도 일기로 쓰여 있었다.

나보다 더 노력을 많이 한 것 같은 예린이가 새삼 대단하게 보였다. 예린이가 먼저 다가와 주지 않았다면 우리는 화해하지도, 싸우지도 않은 상태로 흐지부지됐을 것이다. 그래서 포스트잇에 예린이에게 고맙다는 짧은 글을 썼다.

TO. 예린

예린아, 안녕? 나 은아야. 지금 이 쪽지를 볼 때쯤이면, 우리가 이미 서로를 이해하고 화해한 뒤겠지? 짧게나마 너에게 고맙다는 인사를 전하려고 해. 작년에도 내가 사과를 받아주지 않았었고, 이번에도 대화를 미뤘던 건 나잖아? 근데 이렇게 나를 믿고 기다려주고, 먼저 다가와서 사과해줘서 고마워. 너의 사과와 나의 해결 방법이 만나, 우리에게 맞는 화해 방식을 찾은 것 같아. 우리 앞으로는 항상 웃으며 서로를 이해하며 지냈으면 좋겠어.

먼저 손 내밀어줘서 고맙고, 우리 그 손 꼭 잡고 계속 함께하자!

FROM. 은아

예린이의 일기장에 대한 내 생각은 이런데, 예린이는 어떻게 생각할지 정말 궁금했다.

다음 날, 오늘은 조금 일찍 와서 책상 정리를 하고 있었다. 그때 누군가가 내 어깨를 톡톡 두드렸다. 예린이었다. 예린이와 인사를 나누고 서로의 일기장을 다시 돌려받았다. 일기장을 바꿔 본 느낌도 말했다. 내가 다시 나의 일기 내용을 보려고 책을 펴는 순간 끄트머리에 빼곡한 글씨가 보였다.

예린이의 편지였다. 나와 통한 것일까? 한 문장, 한 문장 읽어보니 마음이 찡해지면서 환하게 밝아진 것 같았다. 예린이도 내 쪽지를 봤는지 입가에 미소가 피어있었다. 예린이를 보고 있던 나는 예린이와 눈이 마주쳤다. 우리는 활짝 웃으며 서로를 바라보았다.

생각해보니 일기장 때문에 말이 헛나오는 건 아니었던 것 같다.

나의 내면, 그리고 은아의 내면에 쌓여 있었던 게 조금씩 나오게 된 것 같다. 내 일기장이 이제부터 또 어떤 나를 발견하고 이해할지 궁금해진다.

작가 소개

'Chapter 1'을 맡은 그림 그리는 것이 취미인 이서영입니다. 현재 매천중 1학년에 재학 중입니다. 제가 책을 쓰게 된 이유는 내성적이라 책 읽는 것을 좋아하는데 계속 읽기만 해서 한번 책을 써보고 싶었기 때문입니다. 처음에는 막막했는데 친구들과 함께 써보니 생각보다 재미있었습니다.

이서영 작가

작가 소개

'Chapter 2'를 맡은 호기심이 많고 그림 그리는 것을 좋아하는 홍지원입니다. 원래 책을 좋아하지는 않지만, 우연히 책을 쓸 수 있는 활동이 있다는 것을 듣고 참여하게 되었습니다. 하지만 제 생각과 다르게 책을 쓰는 것은 아이디어도 풍부해야 하고 글도 잘 써야 해서 조금 힘들었던 것 같습니다. 그래도 쓰는 과정에서 즐겁다고 느끼게 되어 기회가 된다면 또 책을 쓰고 싶습니다.

홍지원 작가

작가 소개

'Chapter 3'과 '에필로그'를 맡은 활발한 성격의 소유자인 장주은입니다. 책 읽기와 춤추기를 좋아하는 반전 매력을 가지고 있습니다. 언젠가는 내 이름이 걸린 책을 써보고 싶었는데, 이렇게 쓰게 되어 기쁩니다. 책을 수정하는 과정에서, Chapter 4의 일부분도 쓰게 되었습니다. 많이 힘들었던 만큼 느낀 것도 많았고 보람도 컸습니다. 다음에는 더 성장한 상태에서 책을 한 번 더 써보고 싶습니다.

장주은 작가

작가 소개

'Chapter 4'를 맡은 음악을 듣는 것을 좋아하는 박지은입니다. 책 쓰기를 통해 친구들과 소통하고, 새로운 경험을 쌓고 싶었습니다. 저에게도 그랬듯, 여러분들도 이 책이 색다른 경험이 되었으면 좋겠습니다.

박지은 작가

♧

독자 여러분들,

많이 모자라지만 저희가 쓴 책을 읽어주셔서 감사합니다.

그리고 저희 글을 칭찬해주시고 책으로 엮어주신

배설화 선생님께 감사드립니다.

표지 제작에 흔쾌히 응해준

소현이와 정윤아, 고마워!